www.mayabook.co.kr

www.mayabook.co.kr

www.mayabook.co.kr

화산초장로

화산소장로 ⑰

지은이 | 설야
펴낸이 | 권순남
펴낸곳 | (주)마야 · 마루출판사

등록 | 2008. 1. 7(제310-2008-00001호)

초판 인쇄 | 2013. 10. 29
초판 발행 | 2013. 10. 31

주소 | 서울시 노원구 상계 1동 1049-25 신영산업 BD 602호
대표전화 | 02-2091-0291
팩스 | 02-2091-0290
이메일 | marubooks@hanmail.net

ISBN | 978-89-280-0085-2(세트) / 978-89-280-1367-8
정가 | 8,000원

잘못된 책은 교환하여 드립니다.
저자와 협의하여 인지를 붙이지 않습니다.

「이 도서의 국립중앙도서관 출판시도서목록(CIP)은 서지정보유통지원시스템 홈페이지(http://seoji.nl.go.kr)와 국가자료공동목록시스템(http://www.nl.go.kr/kolisnet)에서 이용하실 수 있습니다.」
(CIP제어번호:CIP2013021870)

華山
화산 소장로
설야 신무협 장편소설
17
MAYA&MARU ORIENTAL STORY

小長老

마루&맘야

제1장. 똥개는 상대가 눈을 피할수록 더욱 짖는다 …007

제2장. 너 나 못 믿어? 나 조운학이야, 조운학! …047

제3장. 자신만의 문파를 만들어라 …077

제4장. 꼭 저렇게 날뛰는 놈이 먼저 죽더라 …107

제5장. 그놈하고 엮이면 제대로 되는 일이 하나도 없다 …143

제6장. 이봐, 새삼 말하지만 내가 정말 손해 보는 거라니까? …175

제7장. 이봐, 동정은 하지 말아 줬으면 좋겠군 …217

제8장. 때론 집념이 주화입마도 벗어나게 한다 …259

제9장. 마지막으로 할 말 없어? …287

제1장
똥개는 상대가 눈을 피할수록
더욱 짖는다

살다 보면 참… 힘들 때가 많아요.

특히, 한 단체를 이끌고 있는 지금도 꽤나 힘들어요.

하지만 그때에 비하면 지금은 행복한 것이지요.

그때는 그 일이 세상에서 가장 힘든 것 같았고, 세상에서 내가 가장 불행한 것 같았으니까요.

모든 세상의 어려움이 나를 향해서 오는 것 같았어요.

울고 싶어도 진심으로 나의 눈물을 닦아 줄 사람이 없을까 봐 울지 않으려고 애썼던 그런 때도 있었어요.

그래서 지금이 더욱 소중해요.

내가 우울할 때면 내 이야기에 귀 기울이는 사람이 있고, 내가 슬플 때면 같이 곁에서 위로해 주며, 내가 힘들 때면 가만히 안아

주는 사람이 있어 행복해요.

 아파 본 적이 있기 때문에 아프지 않은 것의 소중함을 아는 거랍니다.

 이 모든 것… 그래요… 바로 그분을 만났기 때문이에요.

 가장 힘들 때 그분은 나타나셨어요. 마치 약속이라도 한 듯이…….

 지금도 기억나요. 그분의 선녀처럼 아름다웠던 그 모습이.

 응? 같은 여자인데 사모하냐고요?

 그럼요. 그분의 성격은 남자 같으니까요.

 아, 내가 이런 말을 했다는 건 비밀이에요.

-녹림 역사상 처음으로
채주 자리에 오른 여걸의 술주정

 '응?'

 모든 것을 체념한 채 두 눈을 감고 있던 관승지는 의아함을 감출 수가 없었다. 돌연 장내가 조용해지는가 싶더니 갑자기 자신의 이름을 부르는 소리가 들려왔기 때문이다. 더욱이 거기에는 욕설도 섞여 있었다.

 관승지는 다시 눈을 떴고, 사람들의 시선이 자신에게 집중되어 있다는 걸 알아차렸다. 그중에는 이진극과 사의경의 시선도 포함되어 있었다.

영문을 알지 못한 그는 수많은 사람들의 시선이 자신에게 집중되어 있자 이제 때가 되었구나, 하는 생각이 들었다.

관승지는 두 눈을 부릅뜬 채 호통했다.

"어서 죽여라! 나 관승지, 결코 죽음을 두려워하지 않는다."

그때 그런 그의 귓가로 한 줄기 맑은 음성이 들려왔다.

"개새끼 찾았다."

"누가 감히!"

관승지는 죽음을 각오한 상황에도 자신을 모욕하는 듯한 욕설이 들리자 발끈하며 고개를 돌렸다. 그 순간 천상의 선녀처럼 아름다운 여인을 발견하게 되었고, 그의 표정은 멍하게 변했다.

여인은 관승지가 얼굴을 붉힐 정도로 환한 미소를 지으며 말했다.

"너 이 새끼, 이제 죽었어."

여인의 거듭되는 욕설에 관승지를 비롯한 사람들은 말문을 열지 못했다. 지금 자신들이 혹시 헛것을 보고 있지 않나 하는 생각마저 들었다. 저토록 아름다운 여인의 입에서 저런 상스러운 욕설이 튀어나올 줄은 생각도 못했기 때문이다.

바로 그때였다.

돌연 수백 송이의 꽃잎이 폭발하듯이 허공에 흩날리기 시작했다.

그러자 여인은 신경질적인 음성으로 말했다.

"아, 할아버지들! 잘 좀 하세요. 지금에 와서 꽃잎을 흩날리게 하면 어쩌자고요. 원래 계획이라면 아까 허공답보를 펼치면서 뿌리는 거였잖아요."

"어허, 부주, 사람이 실수할 수도 있는 거지……."

"흘흘, 그 꽃잎 일일이 딴다고 고생한 거 생각하면……."

"이 나이에 꽃잎 같은 걸 따다니……."

"다 할아버지들이 이렇게 나타나면 뭐가 더 있어 보인다면서 허락한 거였잖아요. 그런데 뭐예요. 볼품없이 뚝 떨어지기나 하고……."

"부주, 내가 말했지 않소이까. 부주는 아직 허공답보를 펼칠 수 없으니 우리의 흐름을 잘 타야 한다고."

"흘흘, 부주가 실수하였소."

"우리는 실수한 거 없소이다."

"어디 두고 봐요."

여인은 사방에서 흩날리는 꽃잎들을 손으로 털어 내고는 다시 관승지를 보며 말했다.

"개새끼."

사람들의 시선이 일제히 관승지에게 향했다.

그는 부글부글 끓어오르는 분노를 간신히 집어삼키며 물었다.

"너는 왜 나에게 다짜고짜 욕설을 하는 것이냐?"

그의 이런 질문에 사람들의 시선이 이번에는 여인에게 집중되었다. 마치 모두가 하나같이 관승지의 질문에 대한 답을 궁금해하는 거 같았다.

여인은 그 이유를 알려 줬다.

"금응 표국."

"……."

그 순간 관승지는 두 눈을 질끈 감았다. 그는 죄책감과 부끄러움을 감출 수가 없었다. 예지광을 녹림의 총본산에서 떠나게 하기 위해 관승지는 녹림영부를 어딘가로 떠나보내야 했다. 마땅한 곳을 물색하던 중 오래 전 금응 표국에 한 가지 도움을 준 걸 떠올렸다.

그래서 금응 표국에 녹림영부를 맡겼다. 그걸 예지광이 알아차리고 녹림구왕 중 귀염쌍살을 보낼 때만 해도 계획이 실패했다고 생각했었다.

하지만 들려온 소식은 놀라웠다. 금응 표국에 귀염쌍살이 포로로 잡혀 버렸다는 것이다.

그러자 예지광은 녹림구왕 대부분을 이끌고 직접 금응 표국으로 향했다.

관승지는 그로 인해 금응 표국이 큰 화를 당하리라는 걸 알 수 있었다. 그럼에도 그는 녹림을 위해서라며 애써 외면하고 말았던 것이다. 한데, 그렇게 사력을 다했음에도 결국 계획은 실패로 끝나고 말았다.

그리고 죽음을 각오하고 있던 찰나 갑자기 웬 여인이 나타나 자신의 치부를 알고 있는 듯이 말하니 부끄러움을 참을 수 없었던 것이다.

관승지는 다시 눈을 뜨며 죄책감과 후회가 어우러진 표정으로 물었다.

"그곳은 어찌 되었소?"

"그건 알아서 뭐하게."

"……"

"표국주가 이 말을 전해 달래. 이제 이걸로 빚은 사라졌다고. 그리고 다시는 얼굴 보지 말자고… 마지막으로 이건 필요 없으니 돌려주라고 말이야."

여인은 품속에서 녹색의 동그란 패를 하나 꺼내 들었다. 그 패에는 녹림을 상징하는 나무가 정교하게 새겨져 있었다.

그를 본 관승지는 부지불식간에 외치고 말았다.

"녹림영부!"

"녹림만황패!"

뒤이어 튀어나온 말은 구만혁의 입에서 흘러나온 거였다. 녹림영부 또는 녹림만황패. 이 두 개의 말 모두가 여인이 쥐고 있는 패를 가리키는 거였다.

녹림은 2백 년 전에 최고의 성세를 누린 적이 있었다. 당시만 해도 구파를 능가할 정도였다. 그때 녹림총채주는 녹림영부의 이름을 녹림만황패로 바꿨다.

하지만 그 성세는 20년 만에 내란으로 인해 막을 내리고 말았다. 그 뒤로 녹림은 쇠락의 길로 들어서 감히 녹림영부를 녹림만황패로 부르지 못할 정도였다. 다만, 그때의 성세를 되찾자는 의미로 지금도 녹림도 중 일부는 녹림영부를 녹림만황패라 불렀던 것이다.

어쨌든 여인의 손에서 녹림영부가 턱 하니 나타나자 사람들은 크게 술렁거렸다. 특히, 관승지와 구만혁의 놀라움은 이루 말할 수가 없었다. 대체 왜 녹림영부가 저 신비로운 여인의 손에 있단 말인가.

구만혁이 부채를 착 펼치며 물었다.

"너는 누구냐?"

"나? 혁리빙. 천선부의 부주이기도 하지."

이어 그녀의 뒤에 서 있던 3명의 노인도 차례대로 입을 열었다.

"아가들아, 노오라고 한다."

"흘흘, 담동이라는 이름을 알까 모르겠군."

"맹파."

구만혁은 부채를 폈다 접었다만 반복했다. 그건 그가 고민하고 있다는 의미였다. 그는 겉으로는 태연했지만 갑자기 변한 이 상황이 당황스러웠다.

관승지의 반란이야 예상하고 미리 대비하고 있었기에 계획대로 제압할 수 있었다. 갑자기 사의경이 사부인 공동일협 이진극과 함께 나타나는 바람에 생각보다 큰 피해를 입었지만 충분히 감내할 수 있을 정도였다.

그런데 느닷없이 나타난 저 여인과 노인들의 정체는 대체 무엇이란 말인가. 더욱이 여인의 손에는 예지광이 가져와야 할 녹림영부가 턱 하니 쥐어져 있었다.

'설마… 채주님이 잘못되기라도……. 아냐, 그럴 리가.'

구만혁은 고개를 저었다. 예지광의 무위는 상상을 초월했다. 나름 천하에 이름을 알리고 있던 녹림구왕이 어떻게 손쓸 틈도 없이 예지광에게 제압당했었지 않은가. 그건 예지광이 남겨 두고 간 혈마와 혈도만 봐도 그러했다.

혈마는 당했지만 혈도는 공동파의 기인 중 한 명인 이진극을 쓰러뜨린 것이다. 적어도 녹림구왕 중 3명이 덤벼야 상대할 수 있는 이진극을 말이다.

그렇기에 구만혁은 예지광이 누군가에게 당했다는 건 도저히 믿기 어려웠다. 하지만 한 가닥 불안감이 드는 것 또한 사실이었다.

'방금 저들이 펼친 건 정말 전설의 허공답보였을까……?'

만약 여인과 노인들이 갑자기 밑으로 뚝 떨어지지만 않았어도 구만혁은 허공답보라고 믿었을 것이다. 처음 저들이 나타났을 때의 모습은 그야말로 경이로웠기 때문이다.

한데, 허공답보를 펼칠 수 있을 정도의 무인이 그런 실수를 하리라고는 믿기 어려웠다. 더욱이 마지막에 흩날렸던 꽃잎들은 대체 무어란 말인가.

그렇기에 구만혁은 저들이 무슨 사술 같은 걸 사용했다고 확신하고 있었다.

'금응 표국으로 떠났던 채주님에게는 아직 소식이 없고 정체를 알 수 없는 여인이 녹림만황패를 가지고 나타났다. 그리고 관승지와 이야기를 하는 걸로 봐서 금응 표국과 관련이 있는 자들 같은데……'

구만혁은 그러다 문득 떠오르는 게 있었다. 그의 시선이 언뜻 관승지에게 향했다. 이윽고 구만혁의 입가가 살짝 벌어졌다.

'그렇군. 그리 된 게 틀림없어……!'

그의 시선이 다시 혁리빙에게 향했다. 구만혁은 천천히 그녀의 위아래를 훑었다. 그의 표정이 음흉하게 변했다.

'정말로 아름답군. 이 계집을 잡아서 채주님한테 바치면 적어도 부채주 자리는 보장된 거나 다름없다. 그리고 내가 민지 맛본다 한들 무슨 상관이 있겠는가.'

그때, 혁리빙이 이런 구만혁의 머릿속을 마치 들여다본 것처럼 말했다.

"어딜 감상하듯이 훑어보는 거야. 그 눈깔을 확 뽑아서 개 먹이로 던져 주기 전에 당장 치우지 못해?"

그러나 구만혁은 이런 혁리빙의 욕설에도 분노하지 않았다. 오히려 언제 음흉한 표정을 지었냐는 듯이 인자하게 웃으며 입을 열었다.

"허허, 그래, 천선부의 부주라고 하였는가?"

"천선부, 알아?"

"모른다."

"그런데 왜 아는 것처럼 말하고 지랄이야, 지랄은."

"허, 아름다운 외모와는 달리 입이 거칠구나."

"조 공자가 그랬어. 적이라고 생각하는 사람한테는 예를 찾을 필요가 없다고."

"왜 우리가 적인가?"

"너희들, 그놈의 부하들이잖아."

"누구를 말하는 것인가?"

"정말 몰라? 예지광 그놈 말이야."

"……."

순간 구만혁의 눈썹이 파르르 떨렸다.

"그분이 어찌 되었단 말인가?"

"어쩌긴. 죽도록 두들겨 패 줬지."

"원하는 건 저 관승지인가?"

"가장 먼저 두들겨 패야 할 사람이지."

"허어, 한데 녹림만황패는 어찌하여 네 손에 있느냐?"

"이봐."

혁리빙은 빙그레 웃으며 말을 이었다.

"잔머리를 굴려 가며 나한테서 이런저런 정보를 얻어 내려고 하는 모양인데, 그냥 본색을 드러내지 그래."

"하하하! 계집, 그래도 영 멍청하지는 않구나."

혁리빙은 고개를 갸웃거리며 삼괴를 향해 물었다.

"저거 칭찬 맞죠?"

"부주, 계집이라는 말에 주목하시오."

"흘흘, 결국은 멍청하다는 욕이라오."

"저놈의 입을 찢어 버리시오."

"넌 이제 죽었어."

혁리빙은 발끈하며 구만혁을 쏘아봤다. 하지만 그는 부채질을 하며 느긋하기만 했다.

"어디서 이상한 사술 같은 걸 배워 와서 사기 치려고 하는 것이더냐."

"사술? 아… 너 말이야, 조금 전에 펼쳐진 허공답보가 정말로 사술이라고 생각해?"

혁리빙의 조금은 황당하다는 듯한 물음에 구만혁은 한심하다는 듯이 말했다.

"그럼 사술이 아니고서야 어찌 허공답보라는 지고의 경지를 펼치다가 볼썽사납게 떨어질 수가 있단 말이냐."

"봐요, 할아버지들 때문에 안 믿잖아요."

"부주, 우리 잘못이 아니오."

"흘흘, 부주가 마지막까지 흐름을 잘 타지 못했다니까."
"부주 잘못이오."
"할아버지들, 가끔 제가 부주라는 걸 잊으시는 거 같아요."

혁리빙이 화난 표정을 짓자 삼괴는 찔끔거리며 시선을 피했다. 그러다 노오가 앞으로 나섰다.

"알겠소이다. 그럼 허공답보가 사술이 아니었다는 걸 보여주면 모든 게 해결되지 않겠소이까."

노오는 오른팔을 옆으로 뻗고 손바닥을 활짝 펼쳤다. 이어 놀라운 광경이 벌어졌다. 우웅 하는 소리와 함께 그의 손바닥으로부터 약간 떨어진 곳에서 영롱한 빛이 응축되기 시작한 것이다.

그 빛은 금세 하나의 구체를 이뤘고, 노오가 움켜잡았다. 그러자 빛의 구체는 길게 늘어나 채찍으로 변해 버렸다. 오직 내공의 힘만으로 만들어진 기의 채찍이었다.

노오는 기의 채찍을 현란하게 움직였다. 그 광경이 너무도 아름다워 누구도 시선을 뗄 수가 없었다.

잠시 후, 기의 채찍은 다시 사라졌고 노오는 주름이 가득한 얼굴을 활짝 펼치며 말했다.

"어떠냐. 이걸 봤으니 허공답보가 사술이 아니라는 걸 깨달았겠지?"

구만혁은 심각한 표정을 짓고 있었다. 그러다 주위의 부하들을 훑어봤다.

 부하들의 표정에도 심각함이 어려 있었다. 조금 전 눈앞에서 펼쳐진 광경은 너무도 엄청났기 때문이다.

 그러나 구만혁의 이런 표정은 오래가지 못했다. 그의 입꼬리가 꿈틀거리는가 싶더니 대소를 터트린 것이다.

 "하하하하! 참으로 대단한 눈속임이군 그래."

 이런 구만혁의 반응에 부하들도 하나둘 무언가를 알아차렸다는 듯이 웃음을 터트렸다.

 "하하, 맞아. 저게 무공일 리가 없잖아."

 "대단해. 저런 사술은 처음 보는군."

 "저 늙은이, 이름난 예인임에 틀림없어."

 혁리빙을 비롯한 삼괴의 얼굴에는 황당함이 떠올랐다. 조금 전에 노오가 펼친 무위는 절대지경에 오른 무인이라도 함부로 펼칠 수 없을 정도로 엄청난 경지였다.

 내공을 응축해 겉으로 드러날 정도의 무기를 만들어 휘두른다는 건 그만큼 지고의 경지였던 것이다. 누구나 이런 게 가능하다면 병장기가 왜 필요하겠는가.

 그럼에도 구만혁을 비롯해 수많은 부하들이 이것도 사술로 치부하자 어이가 없을 정도였다.

 네 사람은 짐작도 하지 못했다. 오히려 너무도 높은 경지가 구만혁과 부하들을 오해하게 만든 것임을.

 수백 명에 달하는 녹림의 정예라고는 하나, 대부분이 이삼

류에 불과했다. 일류 고수라고 해 봤자 열 손가락 안에 들 정도로 적었고, 구만혁만이 절정의 경지에 올라 있었다.

게다가 그런 구만혁조차도 평생 절정을 넘어선 고수를 만난 건 단 한 번뿐이었다. 그게 바로 예지광이었던 것이다.

구만혁에게 있어 예지광의 무위는 천외천이었고, 그 때문에 몸도 마음도 모두 굴복한 거였다.

한데, 허공답보가 사술이라고 믿고 있는 와중에 절대지경의 극에 달한 무위가 펼쳐지자 더욱더 자신의 생각에 확신을 가지게 된 것이다.

'저건 사술이 틀림없어.'

구만혁은 그 때문에 마음껏 비웃을 수 있었고 부하들도 마찬가지였다.

하지만 그중에도 유독 전신을 사시나무처럼 떨고 있는 사람이 있었다. 바로 혈도였다. 그녀는 노오가 기의 채찍을 휘두를 때 약간이나마 거기에 담긴 미증유의 힘을 엿볼 수 있었던 것이다. 그건 자신 따위는 한 방에 재로 만들어 버릴 수 있을 만큼 무시무시했다.

'그렇다면 저 여자의 말이 사실이란 말인가······. 그럼 그 자도······.'

혈도의 무표정하던 얼굴이 처음으로 변했다. 하지만 이내 본래의 얼굴을 회복하며 구만혁을 바라봤다. 조금 전에 펼쳐진 무위가 얼마나 대단한 건지 알지 못한 채 조롱하고 있는 그의 모습이 그녀의 입장에서는 가소롭기만 했다. 그리고 혈도는 조용히 침묵했다.

 구만혁은 부하들과 함께 혁리빙을 비롯한 삼괴를 비웃다 문득 시선을 옆으로 돌렸다.

 "참으로 대단한 예인들이로군. 그렇지 않은가, 관승지?"

 "무슨……."

 금응 표국의 일을 자책하며 돌아가던 상황을 주시하던 관승지는 느닷없는 구만혁의 말에 의아함을 감출 수 없었다. 하지만 곧 구만혁의 득의양양한 표정을 보고는 언뜻 떠오르는 게 있어 씁쓸하게 웃었다.

 "너는 이것도 내가 꾸민 일이라고 생각하는군."

 "그렇지 않으면 이렇게 절묘한 순간에 나타날 리가 없지 않은가."

 구만혁은 혁리빙과 삼괴를 관승지와 관련된 사람들이라고 확신하고 있었다.

 즉, 관승지는 처음부터 금응 표국에 녹림영부를 보내지 않았고, 몰래 숨겨 놨을 것이다.

 그러다 반란에 실패하면 저들이 나타나 허공답보와 비슷한 사술을 펼치고 예지광을 두들겨 팼다는 허풍과 녹림영부를 보여 줌으로써 자신들이 항복하거나 도망가기를 바랐던 것이다. 조금 전에 보여 준 것도 자신들을 겁주기 위한 사술이 분명했다.

여기까지가 구만혁이 추측한 관승지의 간계였다.

"제법 머리를 썼지만 이 구만혁이 자네의 농간에 놀아날 거 같던가."

"……."

"저들도 잡아 자네의 바로 옆에 나뒹굴게 해 주지."

관승지는 황당했지만 애써 변명할 필요성을 느끼지는 못했다. 그래서 입을 꾹 다문 채 구만혁을 외면했다. 하지만 그게 그의 심기를 자극했다.

"이런 상황에서도 모르쇠로 일관한단 말인가. 녹림구왕 중 한 명이자 대력권왕이라는 별호가 아깝군그래. 좋아, 그럼 이렇게 하는 게 좋겠군."

문득 그의 시선이 사의경에게 향했다.

"풀어 줘라."

구만혁의 명령에 부하가 사의경의 포박을 풀었다.

"사부님!"

사의경은 몸을 움직일 수 있자 바로 이진극에게 달려갔다. 하지만 구만혁의 눈짓을 받은 부하들에게 금세 사로잡혔. 구만혁은 부하들의 손에서 벗어나려고 발버둥치는 사의경의 앞에 한 자루 검을 툭 던졌다.

"이 검으로 저 늙은이들을 모두 죽여라."

사의경이 두 눈이 커졌다. 대체 저게 무슨 소리란 말인가. 자신보고 저들을 죽이라니.

구만혁은 그런 사의경에게 지금의 상황이 어떤지 다시 한 번 깨닫게 해 줬다.

"손 좀 봐주도록."

 부하들이 이진극과 관승지를 두들겨 패기 시작했다. 관승지는 이를 악물며 버텼으나 이진극은 큰 부상을 입은 터라 금방이라도 숨이 넘어갈 것만 같았다.

"관 할아버지! 사부님!"

 사의경은 그런 두 사람에게 다가가려 했지만 소용없었다. 안타까움과 분노로 발을 동동 구르다 구만혁을 쏘아보며 외쳤다.

"나를 먼저 죽여라!"

"그럴 수야 있나. 어서 움직이지 않으면 네 소중한 사람들이 맞아 죽을 것이다."

"……."

 사의경은 처연한 표정을 지었다. 이어 질끈 입술을 깨물더니 검을 쥔 채 혁리빙과 삼괴의 앞으로 다가갔다. 그러자 수백 명에 달하는 녹림도들이 일제히 외쳤다.

"죽여라! 죽여라!"

 사의경은 그런 녹림도들의 광기에 얼굴이 시색으로 변했다. 어릴 적에 이진극의 제자로 들어간 후, 세상과 멀리하며 무공 수련에만 전념했었다.

 그러다 아버지와 오라버니의 죽음을 알게 되었고 복수를

하기로 마음먹었다. 하지만 사부인 이진극의 도움을 바란 게 사실이었다. 이진극이라면 자신의 복수는 물론 혼란에 빠진 녹림도 구해 주리라 생각했던 것이다.

그러나 그토록 믿었던 이진극은 자신 때문에 목숨을 잃을 처지에 몰렸다.

사의경은 이 모든 게 자신의 잘못이라고 생각했다. 공동파에서 조용히 여생을 보내고 싶다던 이진극을 억지로 끌고 왔기 때문이다.

그리고 지금 그런 이진극을 살리기 위해서는 눈앞의 여인과 노인들을 죽여야 했다. 자신과는 일면식도 없는 사람을 말이다. 그녀는 두려웠다.

사의경은 이번 싸움에 끼어들었지만 적을 단 한 명도 죽이지 않았다. 부상 입히고 제압만 했던 것이다. 그건 그녀가 지금까지 단 한 번도 사람을 죽여 본 적이 없기 때문이다.

그렇기에 처음으로 사람을 죽여야 한다는 두려움과 사부인 이진극을 살려야 한다는 절박함, 그리고 사방에서 들려오는 광기 어린 외침이 사의경의 머릿속을 혼란스럽게 만들었다. 전신이 부들부들 떨렸고, 조금이라도 방심하면 정신을 잃을 것만 같았다.

사의경이 시선이 혁리빙의 뒤에 서 있는 삼괴에게 향했다.

'사부님을 살리기 위해서는 죽여야 해… 죽여야 해……'

그녀의 이런 생각이 주위의 외침과 어우러져 마치 주문처럼 머릿속을 맴돌았다.

 사의경은 멍한 표정으로 삼괴 중 한 명인 노오의 앞에 당도했다. 이어 금방이라도 벨 듯이 검을 치켜올렸다.

 그러자 녹림도들은 더욱 크게 외쳤다.

"죽여라! 죽여라!"

 온몸이 찌릿찌릿해질 정도의 거대한 외침이었다.

 바로 그때였다. 그런 거대한 외침의 해일 속에서 유독 뚜렷하게 들려오는 음성이 있었다.

 그 음성은 처음에는 미약했으나 시간이 지날수록 사의경의 머릿속에 파고들었다.

 왜 그러지? 하는 의문이 일었으나 금세 납득할 수 있었다. 10년이 넘는 세월 동안 자신을 부르던 사부의 음성이었기 때문이다.

"의경아… 의경아!"

 어느새 사의경의 머릿속에는 이진극의 부름만이 들렸다. 천천히 신형을 돌리니 이진극은 인자함이 가득한 표정으로 자신을 바라보고 있었다.

 이진극은 담담히 웃으며 고개를 저었다. 단지 그것만으로도 사의경은 사부가 신심으로 바라는 게 무엇인지 알 수 있었다.

"사부님……"

 사의경의 두 눈에서 왈칵 눈물이 흘러내렸다. 그녀는 그

자리에서 무릎을 꿇은 채 검을 내려놨다.

이진극은 늘 제자인 사의경에게 강조했었다. 공동파의 무인이라면 의롭지 못한 일은 설사 목에 칼이 들어와도 행하여서는 안 된다는 것이다. 이진극은 평생을 그렇게 살아왔고, 설사 자신의 목숨이 사라진다 하더라도 마지막까지 떳떳하기를 바랐다.

사의경은 그런 이진극의 바람을 차마 저버릴 수가 없었다. 설사 삼괴를 죽여 사부가 살아남는다고 할지라도 평생을 괴로워할 게 분명했다.

그렇게 사의경이 삼괴를 죽이는 걸 포기하자 광기 어린 표정으로 외치던 녹림도들은 재미없다는 듯이 술렁거렸다. 그건 구만혁도 마찬가지였다.

"멍청한 년이 그까짓 일도 제대로 못하면서 복수를 하러 오다니. 참으로 한심하구나."

이런 구만혁의 조롱에 녹림도들도 비웃음을 터트렸다. 사의경은 치욕스러움을 참지 못해 전신을 떨었다.

그때, 그런 그녀를 억지로 부축해 일으키는 사람이 있었다. 바로 혁리빙이었다.

그녀는 사의경을 바로 옆에 일으켜 세운 뒤 말했다.

"뭘 그렇게 계속 고개를 숙이는 거야. 잘 봐, 수많은 개자식들이 너를 비웃고 있잖아. 그거 알아? 똥개는 상대가 눈을 피할수록 더욱 짖는다는 걸. 그러니 오히려 두 눈을 똑바로 뜨고 마주 보는 거야. 똥개를 잡아먹겠다는 마음가짐으로 말이야. 알겠어?"

"……."

혁리빙의 시선이 녹림도들에게 향했다. 그녀는 무심한 눈빛으로 주변을 두리번거렸다. 단지 그것뿐이었지만 녹림도들은 혁리빙의 눈빛이 스쳐 지나갈 때마다 등골이 오싹했다. 그녀의 무심한 눈빛이 마치 자신의 폐부를 꿰뚫는 듯한 느낌이 들었다.

그와 동시에 사의경을 비웃던 녹림도들이 침묵했다. 왜 전부 같은 행동을 했는지는 누구도 몰랐다.

그건 구만혁도 마찬가지였다. 혁리빙의 시선이 언뜻 자신을 스쳐 지나가는 순간 그는 등골이 오싹해지는 걸 느꼈다.

혁리빙은 그런 구만혁을 향해 씩 웃으며 말했다.

"무슨 짓거리를 할지 궁금해서 가만히 지켜보니 참으로 가관이야."

그녀는 한 차례 관승지를 향해 시선을 던진 후 말을 이었다.

"원래라면 저 개새끼를 먼저 두들겨 패 주려고 했는데… 아무래도 개새끼가 싸질러 놓은 똥 덩어리를 먼서 치워야겠어."

"이년이 감히!"

"어이, 똥 덩어리… 그 자리에 가만히 있어."

혁리빙은 천천히 걸음을 옮겼다. 그녀가 바라보는 곳에는 구만혁이 존재했고, 지금 그녀가 가는 방향도 구만혁을 향해서였다.

구만혁이 외쳤다.

"죽이진 말고 사로잡아라!"

녹림도 중 두 명이 혁리빙의 앞을 막아섰다. 그 순간 혁리빙의 우수가 벼락같이 움직이더니, 위맹 무쌍한 장력이 폭출되었다. 그것은 두 녹림도가 어찌할 새도 없이 맹렬히 가슴팍을 강타했다.

콰쾅!

"크아악!"

굉음과 비명성이 동시에 터지며 두 녹림도는 폭풍에 휩쓸린 가랑잎처럼 날아가 버렸다. 혁리빙이 다시 앞으로 한 걸음 옮기자, 이번에는 4명의 녹림도들이 일제히 맞부딪쳐 갔다. 그들은 검을 뻗어 그녀를 노렸다.

그러자 그녀가 그 검들을 손가락으로 튕길 때마다 캉! 하는 소리가 울리며 하나같이 뚝 하고 부서져 버렸다.

"무슨……."

혁리빙의 우수가 기묘하게 움직이더니 멍한 표정으로 자신의 부서진 검을 바라보던 녹림도들의 가슴팍에서 연이어 작렬했다. 또다시 4명의 녹림도들도 입 밖으로 피를 뿜으며 뒤로 날아갔다.

"고수다."

"방심하지 마!"

그제야 녹림도들은 혁리빙의 무위가 범상치 않다는 걸 알아차렸다.

"쳐라!"

"이야압!"

혁리빙이 한 걸음 앞으로 다가가자 이번에는 6명의 녹의인들이 사방에서 덮치며 일제히 검을 뻗었다. 그들이 뿜어내는 무시무시한 검기가 혁리빙을 난도질하듯이 덮쳐들었다.

하나 그녀의 신형이 먼지처럼 스르르 흩어져 사라져 버리자 녹림도들의 공세는 빈 허공만을 갈랐고, 6자루의 검만이 서로 교차했다.

그리고 바로 그 위에 혁리빙의 신형이 거짓말처럼 나타났다. 그녀는 하릴없이 가벼운 무게를 지닌 듯 검날 위를 살포시 밟으며 서 있었던 것이다.

이에 녹림도들은 급히 검을 거두려고 했으나, 갑자기 검에서 엄청난 무게감이 그들을 덮쳐 왔다. 저항하려 해도 불가능했고, 팔은 금방이라도 꺾일 듯 휘청거렸다. 검을 놓으려고 했지만 손에 한 몸처럼 붙어 버린 듯 도무지 떨어지지가 않았다. 그리고 검에서 느껴지는 무게감은 상상을 초월할 정도였다.

점점 녹림도들의 팔이 기묘하게 비틀리기 시작하며 우두둑, 우두둑하는 소리가 울려 퍼졌다.

"크아악!"

"도와라!"

동료들을 돕기 위해 사방에서 녹림도들이 덮쳐들었다.

혁리빙은 허리를 잠시 숙이더니 손가락으로 검들이 교차되어 있는 곳을 튕겼다.

그러자 따앙! 하는 소리와 함께 6자루의 검신이 물결을 그리듯이 흔들렸다. 동시에 엄청난 충격이 검을 통해 녹림도들을 덮쳤다.

"으악!"

"컥!"

녹림도들은 그대로 검을 놓은 채 뒤로 튕겨지듯이 날아갔다. 그러고는 뒤에서 달려오던 동료들과 충돌했다.

"크헉!"

"저리 비켜!"

함께 뒤엉켜 나뒹구는 동료들을 뛰어넘으며 10여 명에 달하는 녹림도들이 달려들었다.

그때 혁리빙의 발밑에 깔려 있던 6자루의 검이 살아 있는 듯이 움직였다. 6자루는 회전을 일으키더니 마치 튕겨지듯이 움직이며 녹림도들을 향해 날아갔다.

휘우우우웅!

6자루의 검이 회전하며 무시무시한 기세로 덮쳐들자 녹림도들이 급히 검으로 쳐 냈으나 오히려 검이 부서져 버렸다. 몸을 날려 피해도 검이 회전하는 기세에 휘말려 온몸이 갈기갈기 찢어졌다.

"크윽!"

"크아아악!"

녹림도들의 입에서 비명 소리가 터져 나왔다. 순식간에 10여 명이 넘는 동료들이 쓰러지자 녹림도들은 당황했다.

구만혁이 그런 부하들을 향해 외쳤다.

"이놈들! 어서 공격하지 못할까!"

이미 그의 표정도 사색이 되어 있었다. 설마 혁리빙의 무위가 이토록 엄청날 줄은 생각지도 못했던 것이다. 더욱 큰 문제는 그런 그녀가 지금 자신을 향해 똑바로 다가오고 있다는 거였다.

"한꺼번에 덤벼."

"적은 한 명이다!"

녹림도들은 혁리빙을 향해 우르르 몰려들었다. 그때 삼괴 중 노오가 앞으로 나섰다. 그가 오른쪽 팔을 뻗자 아까 선보였던 기의 채찍이 다시금 모습을 드러냈다.

"이게 사술이라고? 그래, 이놈들아, 어디 사술 맛 좀 봐라."

노오는 기의 채찍으로 그대로 땅바닥을 내리쳤다.

똥개는 상대가 눈을 피할수록 더욱 짖는다 • 33

콰쾅! 우우우웅!

땅이 흔들리고 대기가 몸서리쳤다.

줄기줄기 뻗어 나간 무시무시한 기세는 달려오던 녹림도들의 전의를 한순간에 뒤덮어 버렸다.

귀청이 멍하고 온몸이 뒤흔들렸다. 순간 놀라며 쓰러진 녹림도들만 수십 명이었다. 마치 지진이 난 것 같았다.

수백 명에 달하던 녹림도들이 일제히 멈춰 섰다. 숨 막히는 정적이 장내를 잠식했다.

녹림도들은 노오가 보여 준 가공할 무위에 압도당해 등줄기가 어는 듯한 기분이 들었다. 조금만 부딪쳐도 깨질 것 같은 긴장감과 끝이 보이지 않는 암흑에 잠겨 있는 느낌이었다.

녹림도들은 그제야 알아차릴 수 있었다. 눈앞의 여인과 노인들은 지금까지 말로만 듣던 절대의 고수라는 것을 말이다. 자신들 따위는 무더기로 덤벼도 한 줌의 재로 만들 수 있는 고수였던 것이다.

혁리빙은 앞으로 또 한 걸음을 옮겼다. 이제 구만혁과 남은 거리는 불과 이 장 정도였지만 더 이상 덤벼드는 녹림도들은 없었다.

그들은 잔뜩 겁먹은 눈빛으로 구만혁의 눈치를 살폈다. 그런 부하들의 분위기를 알아차린 구만혁의 얼굴에도 당황하는 빛이 역력했다.

그때 혈도가 앞으로 쏘아 나갔다. 그걸 본 구만혁은 혹시나 하는 심정이 들었다.

'그래… 이진극을 쓰러뜨린 혈도라면…….'

혈도의 움직임은 눈부실 정도로 빨랐다. 단 두어 번의 발놀림과 동시에 도는 허공을 그었고 어느새 혁리빙의 한쪽 어깨를 베어 버릴 듯이 닿아 있었다.

혁리빙은 싱긋 웃었다.

"똥개들 중에 사냥개가 있었네."

그녀의 우수에 파란 광채가 은은하게 어렸다. 이어 그녀의 우수가 기묘하게 움직이더니 도면을 때렸다.

쾅!

마치 폭음이 터지는 듯한 소리가 울렸다.

혁리빙은 도를 통해 덮쳐 오는 막대한 암경에 처음으로 한 걸음 뒤로 물러났다. 그 순간 혈도의 도가 스르르 움직이더니 벼락같이 허공을 그었다.

파앗!

혁리빙의 좌측 어깨의 옷자락이 베어져 나풀거렸다. 피하는 게 조금이라도 늦었으면 틀림없이 베이고 말았을 것이다.

하지만 아직 끝난 게 아니었다.

가볍게 허공에 떠오른 혈도가 도를 펼치자 10여 개의 검은 빛줄기가 혁리빙을 향해 퍼부어졌다. 마치 검은 유성이 떨어지는 것 같았다.

 그것은 혁리빙의 전신을 꿰뚫어 버렸다. 하지만 허상에 불과했다. 그 허상은 이내 사라졌고 그녀가 유령처럼 나타난 곳은 바로 혈도의 뒤였다.

 혁리빙의 우수가 허공을 꿰뚫었다. 혈도는 신형을 돌리기엔 늦었는지 뒤도 안 돌아보고 도를 기묘하게 움직여 막았다.

 쾅!

 또다시 귀가 멍할 정도의 폭음과 함께, 혈도는 혁리빙의 힘을 이기지 못하고 허공에서 머리를 밑으로 두고 떨어졌다. 그렇게 막 땅바닥에 머리를 부딪치려던 그녀는 도의 끝으로 땅바닥을 찍어 그 힘을 이용해 다시 한 번 허공으로 솟아올랐다.

 그와 함께 한 줄기 새파란 광채가 방금 혈도가 떨어지려던 바닥을 직격했다.

 콰쾅!

 엄청난 폭발음과 함께 바닥엔 커다란 반원의 구멍이 생겼다. 만약 조금이라도 피하는 게 늦었다면 어찌 되었을지 모르는 아찔한 순간이었다.

 혁리빙은 다시금 땅바닥에 발을 디딘 혈도를 향해 가공할 속도로 쇄도해 갔다.

 그 순간, 혈도의 손에 쥔 도가 우웅! 하고 떨리더니 번쩍!

하고 수십 줄기의 도기를 뿌렸다. 그건 혁리빙의 전신을 난자할 듯이 날카로웠으나, 쇄도하던 기세를 멈추게 하지는 못했다.

혁리빙은 우장으로 허공을 때렸다. 그러자 막강한 경력이 뻗어 나갔고 검기의 포위망에 능히 그가 빠져나갈 만한 구멍이 생겼다. 그곳으로 혁리빙이 빠져나가자 그 앞에 바로 혈도가 존재했다.

그녀는 혁리빙이 거의 지척까지 쇄도하자 급히 신형을 뒤로 퉁기며 거리를 벌렸다. 하지만 혁리빙의 신형이 쭉 늘어나는가 싶더니 어느새 그녀에게 바짝 달라붙었다.

혁리빙의 우수가 번쩍하며 뇌전 같은 속도로 위에서 아래로 공간을 갈랐다.

파앗!

이에 혈도의 머리카락과 오른쪽 어깨의 옷자락이 갈라졌다. 그렇게 드러난 그녀의 오른쪽 어깨의 새하얀 피부에서 약간의 실 피가 흘러내렸다.

곧이어 혁리빙의 좌장이 혈도를 향해 겨누어지는가 싶더니 새파란 벼락이 뿜어져 나왔다. 천룡파천수가 펼쳐진 것이다.

혈도는 전신을 옭아매며 덮쳐 오는 엄청난 힘을 느끼고 사력을 다해 신형을 움직이려고 했다. 하나, 무엇 때문인지 몸이 천근만근 무거워 한 발자국도 움직일 수가 없었다.

똥개는 상대가 눈을 피할수록 더욱 짖는다 • 37

그녀는 다급히 도를 휘둘렀다. 그러자 막대한 힘이 도를 강타했다. 순간, 혈도의 입에서 피분수가 뿜어졌다.

혁리빙은 그 모습을 보고는 지체하지 않고 곧바로 다시 천룡파천수를 펼쳤다. 그러자 한 줄기의 새파란 벼락이 혈도가 어찌할 새도 없이 가슴팍에 직격했다.

쾅!

커다란 폭음과 함께 그녀의 신형이 팽팽한 실이 끓어진 듯 힘없이 뒤로 날아갔다. 그런 혈도를 향해 혁리빙이 연이어 우장을 떨치자 번쩍하며 두 가닥 새파란 뇌전이 뿜어졌다.

그것은 간신히 신형을 바로잡으려던 혈도의 양어깨를 때렸다. 그녀는 다시 삼 장이나 뒤로 날아간 뒤에야 땅바닥에 처박히다시피 하며 쓰러졌다. 잠시 흙먼지가 풀풀 일어나 시야를 가렸다.

혁리빙은 그제야 공세를 멈추고 가만히 호흡을 가다듬으며 한순간의 연계로 소모된 힘을 다시 끌어모았다. 밑바닥을 드러내던 항아리에 다시 물을 채우는 것과 마찬가지였다. 그리고 그 물은 순식간에 금방이라도 넘칠 듯이 차올랐다.

혁리빙은 정면을 바라봤다. 흙먼지는 어느새 가라앉아 있었다. 그리고 그 앞에 혈도가 서 있었다. 입가에선 실 피가 흐르고 두 팔은 부러졌는지 축 늘어졌으며 의복이 찢겨져 나간 곳이 많았다. 척 보기에도 심각한 상처를 입은 것만 같앉다.

 그럼에도 혈도는 포기하지 않았는지 전신에서 무시무시한 기세가 휘몰아치고 있었다. 억지로 쥐고 있는 도에서 검은 기류가 스멀스멀 흘러 나와 뱀처럼 그녀를 감싸는 것 같았다.

 혁리빙은 그런 혈도의 기세에 왠지 모를 오싹함을 느끼곤 빙그레 웃었다. 그녀의 두 눈은 어느새 깊게 가라앉았고, 기세 또한 고요하기 그지없었다.

 그걸 느낀 혈도의 전신이 미세하게 움찔거렸다. 이어 그녀는 질끈 입술을 깨물더니 혁리빙을 직시하며 입을 열었다.

"한 가지… 물어봐도 되나요?"

"……."

 혁리빙은 잘 싸우다가 이건 또 무슨 수작인가 싶었다. 하지만 혈도의 눈빛은 진지하기 이를 데 없어 그녀는 혀를 차며 말했다.

"쳇, 한참 좋았는데……."

"그자… 예지광을 사로잡은 게 사실인가요?"

"그 미친놈 말이야? 할아버지들과 함께 아주 잘근잘근 밟아 줬지."

"죽지는 않았겠지요?"

"그래."

"항복하겠어요."

혈도는 도를 던진 채 그 자리에 주저앉았다. 그러고는 거친 숨을 내쉬었다. 지금까지 억지로 버틴 듯 그녀의 전신은 이미 땀으로 흥건히 젖어 있었다.

 혁리빙은 맥 빠진 듯이 말했다.

 "야, 이제 막 재미있어지려고 하는데 갑자기 항복하면 어떡해."

 그러나 이런 그녀의 반응에도 혈도는 태연하게 말했다.

 "항복했으니 죽이지만 말아 주세요."

 "왜?"

 "그자를… 봐야 하니까요."

 "그 미친놈?"

 "예."

 "너 참 뻔뻔하다……."

 혁리빙은 황당한 표정을 짓다 문득 떠오르는 게 있어 고개를 돌렸다.

 "뭐, 처음부터 목표는 저 똥 덩어리였으니까."

 "히익!"

 구만혁은 믿었던 혈도마저 항복하자 기겁했다. 그러다 혁리빙의 시선이 자신에게 향하자 주변을 두리번거리다 부채를 내팽개치고는 관승지와 이진극의 목을 움켜잡아서 세웠다.

 "다, 다가오면 이놈들의 목을 부러뜨릴 것이다!"

하지만 혁리빙의 대답은 그의 예상과는 달랐다. 그녀는 다시 구만혁을 향해 발걸음을 옮기며 고개를 끄덕였다.

"그렇게 해."

"뭐, 뭐라?"

"관승지 저 개새끼야 원래 죽어라 두들겨 패러 온 거니 상관없고, 저 노인도 처음 보는 사람이야."

"……."

"뭘 망설여? 어서 부러뜨려 버려."

"이익."

구만혁은 혁리빙이 오히려 어서 일을 저지르라고 독촉하자 당황했다. 이제 혁리빙과의 거리는 서너 걸음에 불과했다. 그는 급한 마음에 관승지와 이진극을 혁리빙을 향해 던져 버렸다. 이어 뒤로 사력을 다해 몸을 튕겼다. 어떻게든 이 자리에서 도망쳐야 한다고 판단한 것이다.

그러나 혁리빙은 구만혁이 던진 관승지와 이진극을 받아 줄 만큼 배려심이 깊지 않았다. 그녀는 두 사람을 무시한 채 천룡신보를 펼쳤다.

그녀의 신형이 용이 하늘을 날아다니는 것처럼 기묘하게 움직이는가 싶더니 순식간에 구만혁의 비로 앞까지 따라붙었다. 서로의 숨소리가 느껴질 정도였다.

혁리빙의 오른 주먹이 구만혁의 복부를 뚫어 버릴 듯이 깊게 파고들었다.

"컥!"

 입이 딱 벌어진 채 등허리가 활처럼 휘어진 구만혁의 턱에 이번에는 혁리빙의 한쪽 무릎이 작렬했다.

"크악!"

 순간 구만혁의 몸이 허공에 뜬 채 한 차례 회전을 하더니 그대로 바닥에 처박혔다.

 혁리빙은 그런 구만혁의 얼굴을 향해 다리를 내리찍었다.

"으아악!"

 구만혁은 두 눈에 혁리빙의 다리가 급격하게 가까워지자 사력을 다해 고개를 틀었다. 혁리빙의 다리는 아슬아슬하게 그의 얼굴을 비껴 나 바닥에 쾅 하고 떨어졌다.

"이게!"

 혁리빙은 그 뒤로 구만혁의 얼굴을 노리며 계속 발을 밟았으나 번번이 비끼고 말았다. 저걸 맞으면 끝이라는 생각에 구만혁이 전심전력을 다해 피하고 있었던 탓이다.

 그러자 혁리빙은 다리에 내공을 담아서 내리쳤다.

 쾅!

 엄청난 소리와 함께 구만혁의 몸이 위로 둥실 떠올랐다. 혁리빙의 다리가 그런 구만혁의 턱을 올려쳐 버렸다.

"우억!"

 그의 벌어져 있던 입의 아래위가 방금 전의 일격으로 인해 엄청난 속도로 맞부딪쳤고, 턱뼈와 이빨의 대다수가 그 한

방에 박살 나 버렸다.

 구만혁은 자신의 몸이 허공에 뜬 채 뒤로 날아가고 있다는 걸 깨달았다. 혼미해져 가는 정신을 붙들어 마지막으로 짜낸 기운으로 미약하게나마 실눈을 뜨던 그는 갑자기 헛바람을 들이 삼켰다.

 혁리빙이 가볍게 땅을 박차며 자신을 향해 신형을 날리더니, 오른쪽 어깨를 최대한 뒤로 당기는 것이 동공에 파고든 것이다. 그 행동이 무엇을 의미하는지 짐작한 구만혁은 엄청난 공포감에 금방이라도 눈알이 빠져라 부릅떴다.

"아… 어버어버……."

 아래턱을 움직일 때마다 파고드는 살 떨리는 고통도 잊어버린 채 구만혁은 최대한 애절한 눈빛으로 입을 열려 했다.

"안 죽어."

 땅을 박차고 날아온 속도와 최대한 뒤로 당겨졌다가 도로 퉁겨지듯 나온 주먹에 실린 내공의 힘이 혼합되어 무자비하게 구만혁의 안면에 격돌했다.

쾅!

"커허억!"

 구만혁의 몸은 허공에서 몇 차례 회전을 한 뒤 거세게 바닥에 떨어져 내렸다. 구만혁은 형체조자 알아볼 수 없을 정도로 변한 얼굴로 전신을 부들부들 떨었다.

 그런 구만혁을 향해 혁리빙은 상체를 숙이며 씩 웃었다.

"이제 시작이라고."

그때부터 일방적인 구타가 시작되었다.

퍼퍼퍼퍼퍽!

혁리빙의 두 발은 신들린 듯 허공을 춤췄다. 그럴 때마다 구만혁의 전신은 마치 조종당하는 인형처럼 이리저리 꺾이며 정신없이 움직였다.

그녀는 무슨 철천지원수를 대하듯 구만혁의 전신을 사정없이 짓밟았다. 구만혁의 입에서는 피거품이 뿜어져 나왔고, 녹림도들은 멍한 표정으로 그 광경을 바라보다 화들짝 놀라더니 사방으로 도망쳤다.

"어서 도망쳐!"

"이, 이길 수 있는 상대가 아냐."

수백 명에 달하는 녹림도들이 일제히 흩어졌다.

그때, 삼괴가 앞으로 나섰다. 그들의 손에는 하나같이 기의 채찍이 쥐어져 있었다. 이윽고 삼괴는 각자 몸을 날린 뒤 도망치던 녹림도들의 바로 앞에 기의 채찍을 내리쳤다.

콰앙!

무시무시한 폭음과 함께 바닥이 쩍쩍 갈라지고 흙먼지가 폭풍처럼 휘날렸다. 녹림도들은 더 이상 도망치지 못한 채 그 자리에서 무릎을 꿇고 항복했다. 장내는 순식간에 정리되었다. 하지만 아직 끝난 건 아니었다.

혁리빙의 시선이 관승지에게 향했다.

"이제 본론에 들어가야지."

관승지는 등줄기에서 식은땀이 흐르는 걸 느꼈다. 그녀가 구만혁을 얼마나 신들린 듯이 두들겨 패는지 바로 눈앞에서 목격했기 때문이다. 절로 오한에 떨었고 차마 눈을 마주치지 못했다. 하지만 그는 피할 수 없는 일이라는 걸 알고는 체념했다.

관승지는 최대한 불쌍한 표정을 지으며 말했다.

"죽지 않도록 살살… 부탁드리오."

혁리빙의 입가에 지어진 미소가 더욱 짙어졌다.

제2장
너 나 못 믿어?
나 조운학이야, 조운학!

 3개월간의 무공 수련 기간이 끝나자 장문인인 백운은 다시 예설사랑회의 제자들을 불러들였다.
 그리고 제자들이 세상 밖으로 나갈 실력이 되는지 검증에 들어갔다.
 드넓은 연무장.
 60명의 제자들이 나란히 도열해 있었다. 그들의 선두에는 현송이 선 채 정면을 바라보고 있었다. 그의 시선에는 자신들과 비슷한 인원의 제자들이 담겼다.
 자신들의 상대는 이 대 제자들 중에서도 추려서 뽑은 인원들이었다. 거기에 일 대 제자도 서너 명 합류해 있었다. 그들의 표정에는 자신감이 충만해 있었다.

자신들의 상대는 예설사랑의 회원들. 하나같이 화산파에서 배척받거나 자질이 떨어지기로 유명한 자들만 모여 있었다.

또한, 아무리 조운학에게 무공 수련을 받았다고 해도 겨우 석 달이었다. 그 정도로 강해져 봐야 얼마나 강해졌겠냐고 낙관한 것이다.

현송은 이런 상대의 생각을 재치 있게 파악할 수 있었다. 그는 피식 웃으며 목검을 들어올렸다.

"자랑스러운 예설사랑의 회원들이여."

현송은 가장 먼저 앞으로 쇄도해 가며 외쳤다.

"눈앞의 적을 조 장로님이라고 생각해라!"

"악!"

예설사랑의 제자들이 일제히 뛰쳐나갔다. 그러자 이 대 제자들도 질 수 없다는 듯이 몸을 움직였다. 이윽고 두 무리는 격렬하게 충돌했다.

그리고 누구도 생각지 못했던 일이 벌어졌다. 예설사랑의 제자들이 이 대 제자들을 일방적으로 밀어붙였던 것이다.

"죽어라, 죽어!"

"대갈통을 박살 내 버려 주마!"

예설사랑의 제자들은 마치 눈앞에 생사대적을 둔 것처럼 미친 듯이 공격을 퍼부었다.

그러자 이 대 제자들은 당황하기 시작했다.

그것도 잠시, 이내 정신을 차리고는 전력을 다해 상대했다. 하나 자신들의 공격에 금세 무너질 것만 같았던 예설사랑의 제자들은 마치 철벽을 상대하는 것처럼 굳건했다.

 더욱이 개별적으로 움직이며 서로 간의 연계가 없는 이 대 제자들과는 달리 예설사랑의 제자들은 달랐다. 60명의 인원이 사방에서 움직였으나 동료가 위험하면 금세 끼어들어 도움을 줬고, 상대하기 힘든 일 대 제자가 나타나면 합공을 하면서 상대했다. 이런 제자들의 절묘한 연계는 이 대 제자들을 순식간에 혼란 속으로 내몰았다.

"크윽……."

"이럴 수가……."

 시간이 지날수록 이 대 제자들은 빠르게 허물어졌다. 가장 큰 문제는 예설사랑에 속한 제자들의 무위가 예전과는 비교할 수 없을 정도로 높아졌다는 것이다. 그 때문에 설사 개별적으로 붙었다 할지라도 압도하는 이 대 제자는 거의 없었고, 겨우 일 대 제자만이 평수를 이루고 있었다.

 그렇다 보니 싸움은 지켜보던 사람들이 허무할 정도로 빠르게 마무리되고 말았다.

 예설사랑 회원들의 압도적인 승리였다.

"허어… 대단하군요."

"이렇게 일방적일 수가……."

멀리서 이 싸움을 지켜보던 화산파의 중진들은 경탄을 금치 못했다.

예설사랑회라는 얼토당토 않는 모임을 만들 때만 해도 저들은 화산파의 골칫덩어리에 불과했었다.

그래서 저들을 화산파에서 파문시켜야 한다는 말까지 나왔었다. 거기에 장문인이 그런 제자들에게 이번 하남에 분파를 만드는 중요한 일을 맡긴다고 하니 불같은 반대가 일었다.

그러자 장문인인 백운은 한 가지 절충안을 내놓았다. 예설사랑의 제자들을 조운학에게 수련받게 한 뒤 예전과는 다른 모습을 보이면 이번 일을 맡긴다는 거였다.

화산파의 중진들은 겨우 석 달간의 무공 수련으로 달라져 봤자 얼마나 달라지겠냐는 생각에 쾌히 받아들였다.

한데, 예설사랑회에 속한 제자들이 달라졌다. 설마 싶었는데 같은 인원의 이 대 제자들을 모두 쓰러뜨린 것이다. 혹시나 싶어 일 대 제자들 중 몇 명을 합류시켜 놨음에도 말이다. 가장 놀라운 건 예설사랑회에 속한 제자들의 피해는 경미하다는 것이다. 겨우 10명 정도만이 쓰러졌을 뿐이었다.

백운은 수염을 쓰다듬으며 흐뭇한 표정을 지었다.

"허허, 이걸로 더 이상 이번 임무에 대해서 말이 없으리라 믿네."

화산파의 중진들은 서로의 눈치만 보며 말문을 잃었다. 이 정도면 충분하다 못해 넘쳐흘렀다. 거기에 조운학도 함께한 다고 하니 불만이 있을 리가 없었다.

 백운은 이날 화산파에 매화질풍대의 탄생을 알렸다. 또한, 매화질풍대의 대주로는 현송이 선택되었다.

❈ ❈ ❈

 조운학은 예설사랑회 제자들과의 마지막 비무가 있은 후, 거처에서 한 발자국도 나오지 않았다. 부상도 그렇지만 비무에서 깨달은 게 있어 그걸 자신의 것으로 하기 위해서는 며칠간 혼자만의 수련이 필요하다는 이유였다.

 상유란과 서문단려, 그리고 나예설은 그런 조운학의 식사를 챙기며 지극정성으로 보필했다. 하지만 당장 내일이 하남으로 떠나는 날짜였다.

 그럼에도 조운학은 거처에서 나오지 않았고, 떠나는 날 아침에 한 장의 서신을 적어 문밖으로 던졌다.

 세 사람이 직접 확인하니 서신에는 수련에 3일 정도가 더 필요하니 먼저 떠나라는 내용이 적혀 있었다. 수련이 끝나자마자 뒤따라가겠다는 내용에 나예설은 그럴 수 없다며 고개를 저었다.

 상유란과 서문단려가 그런 나예설을 설득했다. 특히, 조운학이 이번 비무의 패배로 큰 상심을 한 거 같다며 혼자만의 시간이 필요하다고 이야기하자 나예설도 마지못해 납득했다.

그리고 서신의 마지막 내용에는 한 가지 요구 사항이 적혀 있었다. 상유란과 서문단려는 자신들과 상관없는 내용이라 그저 고개를 끄덕일 뿐이었다.

※ ※ ※

화산파의 장문인을 비롯해 중진들과 제자들의 배웅을 받으며 나예설을 비롯한 선우궁과 선옥정, 그리고 상유란과 서문단려, 마지막으로 매화질풍대는 하산했다.

나예설은 세상 밖으로의 경험과 천강신문에서 함께할 사람들을 찾는 게 목표였다. 그에 반해 매화질풍대는 먼저 하남으로 출발하여 분파를 차릴 기반을 다지고 있을 선발대와 합류하는 게 일차 목표였다. 그리고 선발대와 함께 분파를 차리는 게 최종 목표였다.

이들의 인솔자로 선택된 건 바로 나예설이었다. 원래라면 조운학이었으나 3일 뒤에 합류한다고 하니 그때까지 나예설이 맡기로 한 것이다.

거기에 대해 매화질풍대는 전혀 불만을 품지 않았다. 아니, 크게 환영하며 오히려 조운학이 합류해도 계속 자신들을 인솔해 주기를 바랐다.

그렇게 일행들은 바깥세상으로 나아가게 되었다. 그런 일행들의 뒤에는 은신한 마령이 함께하고 있었다. 한데, 이들 일행 중에는 한 사내가 빠져 있었다. 바로 매화질풍대의 대주로 선택된 현송이었다.

"크흐흑……."

현송은 홀로 분루를 흘리며 울고 있었다. 그는 지금의 현실을 받아들일 수가 없었다.

"왜… 왜… 나만 남아야 한단 말인가……."

아침까지만 해도 현송의 기분은 날아갈 것만 같았다. 조운학이 부상과 수련 때문에 자신들과 함께 출발하지 않는다는 소식을 들은 것이다. 그건 현송에게는 그야말로 희소식이 아닐 수 없었다.

그리 되면 아마 인솔자는 나예설이 될 가능성이 높으며 자신은 매화질풍대의 대주로서 바로 옆에서 그녀를 보필하게 되는 것이다.

그야말로 꿈에도 바라는 상황이 아닐 수 없었다. 천상의 선녀처럼 아름다운 나예설의 옆에 자신이 서 있는 모습은 떠올리기만 해도 황홀했다.

그래서 특별히 조운학이 황친상괴의 내기에서 빼앗아 준 벽송검도 꺼냈다. 지금까지 벽송검을 지니고 있었지만 워낙 황천상이 아끼던 거라 감히 차고 다닐 수가 없었다.

하지만 지금은 달랐다. 이제 매화질풍대의 대주로서 충분히 벽송검을 차고 다닐 자격이 있다고 생각한 것이다.

그렇게 벽송검을 허리에 차며 한껏 뿌듯한 표정을 짓고 있을 때였다.

장문인인 백운의 심부름을 전담하는 제자가 찾아왔다. 그 제자가 전해 준 소식은 청천벽력이나 다름없었다.

조운학이 3일 동안 요양하고 수련할 동안 보필해 줄 사람으로 바로 현송을 지목한 것이다.

현송은 그 말을 듣는 즉시 장문인을 찾아가 결코 그럴 수 없다며 항의했다. 하지만 그의 항의는 가볍게 묵살되었다.

그러자 현송은 혼자의 힘으로는 안 되겠다 싶어 매화질풍대를 찾아갔다. 이들이 함께 부당함을 항의한다면 충분히 가능성이 있다고 본 것이다. 또한, 매화질풍대의 대원들이 함께하는 건 당연하다고 생각했다.

자신들은 한 가족이 아닌가.

그러나 이런 현송의 예상은 빗나가고 말았다. 그의 말을 들은 대원들은 함께 분노하기는커녕 오히려 흔쾌히 받아들여야 한다고 조언했던 것이다.

현송은 그런 대원들을 보며 그들의 음흉한 속셈을 알아차렸다. 대원들 모두 나예설과 연을 쌓기에는 이번이 천재일우의 기회라는 걸 알고 있었던 것이다.

조운학이 없으며 거기에 현송도 없다. 나예설의 무위는 강대하나 세상과 동떨어진 곳에서 살았기에 순진하기만 했다.

단지 무위만으로는 험난한 세상을 헤쳐 나가기에는 무리였다.

그렇기에 나예설은 여러 가지 실수를 할 것이며 낙담할 게 분명했다. 자신들이 그때를 노린다면 충분히 가능성이 있다고 생각한 것이다.

즉, 아무리 현송이 이제 따라야 할 대주이기는 하나 나예설은 한 명이고, 경쟁자는 적으면 적을수록 좋다는 것을 그들은 알고 있었던 것이다.

그렇게 믿었던 대원들에게도 배신을 당한 현송은 결국 홀로 남아야만 했다.

그는 울다가 두 눈을 부릅뜬 채 어딘가로 시선을 던졌다. 조운학의 거처였다.

현송은 당장 저 문을 박차고 들어가 조운학의 멱살을 잡아 흔들며 묻고 싶었다. 왜 자신만 남게 했냐고 말이다. 하지만 차마 실행하지는 못했다.

지금까지 조운학을 성토할 수 있었던 것 모두 함께하는 사람이 바로 곁에 있었기 때문이다. 이제 혼자 남은 이상 알아서 기어야만 했다.

'그래도 이대로 당하기만 할 수는 없어……'

현송은 주변을 두리번거리다 짱돌을 한 개 집었다.

'이걸 던지고 사력을 다해 도망치는 거야. 그러다 잡히면… 에이, 몰라! 설마 죽이기야 하겠어……'

그는 크게 심호흡을 가다듬은 뒤 두 눈을 질끈 감고 짱돌을 던지려고 했다.

 바로 그때였다.

 "너 뭐 하냐?"

 귓가에 들려오는 음성에 현송의 몸이 휘청거렸다. 현송이 다시 눈을 뜨니 어느새 조운학이 밖으로 나와 자신을 바라보고 있었다.

 현송은 급히 짱돌을 뒤로 감추며 어색하게 웃었다.

 "하, 하하! 아무것도 아닙니다."

 조운학은 곰방대를 꺼내어 입에 물었다.

 "너… 내 수발들라고 혼자 남겼다고 불만이 많은 거 같다?"

 "제가 어찌 그런 불경한 마음을 품겠습니다. 저는 언제나 조 장로님의 편입니다."

 "지랄. 저번 비무에서 마지막에 죽어라 내 한쪽 팔을 잡았던 게 바로 너거든."

 현송은 등줄기에 식은땀이 흐르는 걸 느꼈다.

 "그, 그거야……."

 어떻게든 변명을 해야겠는데 마땅히 떠오르는 게 없었다. 그래서 재빨리 화제를 돌렸다.

 "조 장로님, 이제 몸은 괜찮으십니까?"

 "내가 언제 아팠냐?"

"예?"

"됐고. 그보다 너 저때 비무에서 보니 제법 구궁보의 성취가 높더라."

"이번 수련에서 특히 사력을 다해 연마했습니다."

"나한테 안 맞으려고?"

"예."

현송은 솔직하게 대답했다. 사실이 그러했기 때문이다. 조운학이 때리는 게 너무도 아파 두 대 맞을 거 한 대만 맞자는 생각에 죽어라 구궁보를 수련했었다.

조운학은 만족 어린 표정으로 고개를 끄덕이며 말했다.

"오늘 하루는 여기서 푹 쉬어."

"그게 무슨……."

"내일부터 바빠질 테니 말이야."

그는 의아한 표정을 짓는 현송을 지나쳐 어딘가로 걸음을 옮겼다.

그러다 문득 걸음을 멈추고는 뒤를 향해 말했다.

"그리고 그 던지려던 짱돌, 내일 필요할 테니 가지고 있어."

"……."

현송은 뒤로 감췄던 짱돌을 머쓱한 듯이 내놓으면서도 도대체 조운학이 무엇을 하고자 하는지 가늠할 수가 없었다. 대놓고 물어보려고 해도 이미 조운학은 어딘가로 사라져 버렸다.

'대체 내일부터 바빠진다는 건 뭐고 이 짱돌은 왜 필요한 걸까……? 그리고 왜 구궁보의 성취에 대해 물어보신 거지?'

현송은 아무리 생각해도 떠오르는 게 없어 금세 포기하고 말았다.

"뭐, 별일이야 있을라고."

그는 낙관적으로 생각하기로 했다.

하지만 다음 날, 현송은 그때 도망치지 않은 걸 두고두고 후회하게 되었다.

❋ ❋ ❋

마림평의 산봉우리들은 수목과 골짜기가 특히 깊고 아름답다. 담요를 펼친 듯한 수풀과 무성한 푸른 잣나무, 하늘을 찌를 듯한 고목들이 눈앞에 가득했다. 이런 곳이라면 아무 곳에나 주저앉아 술 한 잔을 기울이며 자연의 경이로움을 논할 수 있을 거 같았다.

'정말로 술 한 잔이 생각나는 곳이군.'

현송은 조운학의 뒤를 따르며 연신 주위를 두리번거렸다. 그가 이곳 마림평에 출입한 건 이번이 처음이었다. 수많은 독사와 독충들. 그리고 위험한 영물들이 살아가는 곳으로 알려져 누구도 찾지 않는 금지이기 때문이다.

이윽고 두 사람은 천강신문이 멀찍이 보이는 곳까지 도착했다.

"잠시 여기서 기다려."

조운학은 현송을 내버려 둔 채 허공으로 몸을 날리더니 어딘가로 사라졌다. 현송은 혹시나 독사나 독충이 나타나지 않을까 싶어 경계를 늦추지 않았다.

그러다 천강신문을 보며 감탄을 터트렸다.

"이런 오지에 한 문파가 수백 년간이나 존재했었다니… 정말 대단하군."

천강신문에 대해서 자세히 아는 건 없었다. 그저 모종의 일로 천강신문의 사람들이 나예설만 남겨 두고 모두 죽었고, 역사가 수백 년이 넘었다는 게 다였다.

"아무리 거대하고 장엄한 건물이면 뭐 해……. 나는 저곳에서 혼자 살라고 한다면 절대 못 살 거야."

지금이야 2명의 제자가 생기고 나예설도 자주 조운학의 거처를 찾아오곤 했지만, 그 전에는 저런 곳에서 홀로 지냈을 것이다.

그렇게 생각하자 절로 마음이 찡해지는 게 그저 나예설이 안쓰럽기만 했다.

"괜찮아. 이제 우리 예설사랑회가 나 문주님을 지켜 줄 테니까. 하아… 나도 조 장로님만 아니었으면 지금쯤 나 문주님과 함께 세상을 구경하고 있을 건데……."

현송은 안타까움에 절로 탄식이 흘러나왔다.

"기껏 벽송검까지 준비했었는데……."

그의 시선이 허리춤으로 향했다. 그곳에는 한 자루 고색창연한 검이 달려 있었다. 드디어 이 검을 사용할 때가 되었다 싶었는데 허사로 돌아가고 말았다. 하지만 현송은 아직 포기하지 않았다.

"어쨌든 조 장로님이 내일쯤에는 출발한다고 하셨으니 조금만 더 참자……. 그때 이 검을 나 문주님을 지키는 데 사용하는 거야."

그가 벽송검을 뽑자 우윳빛 검신이 모습을 드러냈다.

"내가 이런 보검을 휘두르게 되다니……."

현송은 황홀한 표정으로 손가락을 이용해 검신을 훑었다. 서늘한 기운이 느껴지는 게 범상치 않은 검임을 한눈에 알 수 있었다.

"이왕 내 검이 되었으니 검의 이름도 바꿔 볼까……. 벽송검이란 이름은 너무 늙어 보이는데 말이야……."

그는 문득 떠오른 생각이 나름 일리가 있어 보였다.

"여의지존검(如意至尊劍)? 아냐. 너무 거창해 보여. 그럼 한상옥령신검(寒霜玉靈神劍)? 이건 왠지 여자가 쓰는 검 같고 보천신검(補天神劍)? 나름대로 쓸 만해 보이는군."

현송이 이렇게 자신의 검 이름을 생각하고 있을 때 조운학이 돌아왔다. 현송은 다시 검신을 검집에 넣으며 물었다.

"대체 어디를 갔다 오시는 겁니까?"

"그런 게 있어. 그보다 너, 짱돌 가져왔지?"

"예……."

현송은 품속에서 어제 조운학에게 던지려고 했던 짱돌을 꺼냈다.

조운학은 그걸 보며 한 차례 고개를 끄덕이더니 옆으로 걸음을 옮겼다.

"음… 여기서 아홉 걸음 정도 가서 다시 왼쪽으로 네 걸음 정도 가면……."

조운학은 걸음을 멈춘 뒤 다시 천강신문을 향해 시선을 던졌다. 그러고는 잠시 두 눈을 감고 무언가를 생각하는 듯했다. 이어 두 눈을 뜨더니 고개를 끄덕였다.

"이 위치가 딱 좋군."

조운학은 흡족한 표정으로 현송에게 오라며 손짓을 했다. 현송이 다가오자 한 걸음 옆으로 물러섰다.

"여기에 서."

현송을 방금 전까지 자신이 서 있던 자리에 서게 한 후, 천강신문을 바라보며 말했다.

"저기 낮은 행랑채가 보이지?"

"어디 말입니까?"

"거기 말고 딱 정면을 보란 말이야. 창틀이 전부 봉황 무늬로 새겨져 있잖아."

"아, 봤습니다."

"좋아. 저기 행랑채의 지붕에서 가장 왼쪽에 용이 한 마리 보이지?"

"보입니다."

조운학은 곰방대를 입에 물며 말했다.

"자, 그럼 이제 그 짱돌을 던져서 저 용을 맞히는 거야."

"예?"

"너 저것도 못 맞혀?"

"그건 아니지만… 왜 저걸 맞혀야 하는지요?"

"저걸 맞히면 알 수 있어."

"……."

현송이 망설이자 조운학은 대놓고 말했다.

"너 나 못 믿어? 나 조운학이야, 조운학!"

"……."

그러나 이런 조운학의 말은 현송을 더욱 불신하게 만들었다.

'사기꾼들은 믿어도 조 장로님은 못 믿겠습니다요…….'

현송은 금방이라도 입 밖으로 튀어나오려는 생각을 꾸역꾸역 집어넣었다.

그렇게 현송이 계속 망설이자 조운학은 강경책으로 나갔다.

"너, 그 검 빼앗아 버린다?"

현송은 황급히 벽송검을 뒤로 숨겼다.

"저한테 준 거를 다시 빼앗다니… 치사하게 이러실 겁니까."

"몰랐어? 나 원래 치사해. 할 거야, 말 거야?"

"……."

조운학은 거의 다 넘어온 현송에게 쐐기를 박았다.

"팽 장로한테 도로 돌려주면 아주 좋아하실 거야."

"합니다, 해요, 해!"

"진작 그럴 것이지. 정확히 저기 용을 맞혀야 되는 거야."

"알겠습니다."

 현송은 한 차례 심호흡을 한 뒤 짱돌을 쥐고 있는 팔에 내공을 불어넣었다.

 '저 정도쯤이야…….'

 그는 힘껏 지붕 위의 용을 향해 짱돌을 던졌다. 짱돌은 허공에 반원을 그리며 날았다. 이어 용을 향해 떨어졌으나 아슬아슬하게 비껴 떨어지고 말았다.

 한데, 짱돌이 떨어진 지붕 밑에서 퍽 하는 소리와 함께 깨깽 하는 울음이 터져 나왔다.

 조운학은 그 소리를 들었으나 현송은 듣지 못했다. 현송은 그저 용을 맞히지 못했기 때문에 조운학이 자신에게 어떤 타박을 할지 두려울 뿐이었다.

 그런데 이런 현송의 예상은 빗나갔다. 조운학이 대견하다는 듯이 현송의 어깨를 툭툭 두드린 것이다.

"대단해. 너 돌팔매질에 소질 있는데."

"저… 맞히지 못했습니다만……."

"괜찮아. 더 중요한 걸 맞혔으니까."

"예?"

"그럼 열심히 도망치라고."

"무슨……."

현송이 되묻기도 전에 조운학의 신형이 사라져 버렸다.

"조, 조 장로님? 조 장로님!"

현송은 황당하기만 했다. 난데없이 이곳으로 끌고 오더니 지붕 위의 용을 짱돌로 맞히라고 강요하더니만 이유를 설명해 주지도 않고 그냥 사라져 버린 것이다.

바로 그때였다.

크아앙!

우렁찬 짐승의 포효 소리와 함께 무언가가 무시무시한 속도로 현송을 향해 다가왔다.

"뭐, 뭐, 뭐야……?"

현송은 기겁하며 두 눈을 휘둥그레 떴다. 그의 두 눈동자에 거대한 푸른 늑대가 가득 찼다.

"처, 청랑……."

현송은 이미 청랑을 본 적이 있었다. 나예설이 조운학의 거처로 찾아올 때 가끔 뒤를 졸졸 따라왔기 때문이다. 한 번

용기를 내서 다가간 적이 있는데 하마터면 물릴 뻔했었다. 청랑은 몇몇 사람들을 제외하고는 자기의 근처에 오는 것조차 싫어했기 때문이다.

'이, 이름이 청삼이었던가……'

어쨌든 바로 그 청삼이 지금 눈앞에서 어린아이 팔뚝만 한 이를 드러낸 채 으르렁 거리고 있었다. 화가 난 게 분명했다. 현송은 그 이유를 금세 알아차릴 수 있었다.

청삼의 한쪽 눈이 멍들어 있었기 때문이다.

'그럼… 그 짱돌이……'

현송은 그 이유가 바로 자신이 던진 짱돌 때문이라는 것도 빠르게 알아차렸다. 순간 그의 뇌리에 조운학의 말들이 스쳐 지나갔다.

'너 구궁보의 성취가 아주 높더라.'
'그 짱돌 내일 필요하니까 챙겨 놔.'
'괜찮아. 더 중요한 걸 맞혔으니까.'

현송은 그제야 자신이 당했다는 걸 깨닫고는 울부짖었다.
"조 장로님!"
크아앙!
그는 달려드는 청삼을 피해 꽁지가 빠져라 도망쳐야만 했다.

"으아아악!"

크앙!

현송의 비명 소리에 청삼이 화답하듯이 외치고는 금방이라도 잡아먹을 듯이 입을 쩍 벌렸다.

"사람 살려!"

현송은 울고 싶었다.

"오! 도망친다, 도망쳐."

조운학은 나무 위의 나뭇가지에 몸을 누인 채 현송이 도망치고 청삼이 뒤를 쫓는 모습을 느긋하게 지켜봤다. 잠시 곰방대를 피우다 재를 탁탁 턴 뒤에 다시 몸을 밑으로 날렸다. 가볍게 착지한 후 현송이 도망친 방향을 먼눈으로 바라봤다.

"뭐, 죽지는 않겠지."

조운학은 아무런 근거도 없는 말을 내뱉으며 천강신문으로 몸을 날렸다. 그가 도착한 곳은 천강신문 뒤에 위치한 절벽이었다.

"이곳이 분명한데……."

그는 절벽 여기저기를 꼼꼼하게 살펴보기 시작했다. 그러다 무언가를 건드리게 되었고, 그르르르릉! 하는 소리와 함께 거대한 동굴이 입을 벌렸다.

"드디어 찾았다."

조운학은 희희낙락한 표정을 지었다. 왜 제자들과의 비무에서 마지막에 당했는가? 일부러 맞아 줬기 때문이다. 나예설이 천강신문에 있는 한 비밀 석실을 터는 건 불가능했다.

그렇다면 나예설이 세상 밖으로 떠났을 때를 노리면 되는 것이다.

그걸 위해서 제자들과의 비무에서 일부러 맞고 쓰러진 거였다. 혹시나 의심을 살까 봐서 모든 내공을 거두고 정말로 맞았다. 그 충격으로 기절한 것도 사실이었기에 두 제자를 비롯해 나예설도 의심치 않았던 것이다.

그리고 나예설을 비롯해 모두가 세상 밖으로 떠난 날, 유일하게 천강신문을 지키고 있을 청삼이를 유인할 현송을 남게 했다. 또한, 천강신문을 찾아가 청삼이를 멀찍이서 몰래 지켜봤다.

그래도 영물이라고 냄새와 기척을 기가 막히게 찾는지라 맞바람을 맞으며 멀리 떨어져 있어야만 했다.

청삼이는 천강신문 내를 어슬렁거리며 경계를 서고 있었다. 가끔 마림평의 독사가 침입하면 잡아서 독을 제외한 나머지는 먹어 버렸다.

조운학은 그런 청삼이를 지켜보던 중 유독 질벽 앞에 머무를 때가 많다는 걸 알아차렸다. 그는 비밀 석실이 분명 저곳 근처에 있다고 확신했다. 천강신문의 보물이 보관되어 있는 비밀 석실이기에 청삼이가 자주 찾아 경계하는 거라 생각했던 것이다.

그리고 이런 조운학의 생각은 들어맞았다.

"이제 문제는… 저 안에 설치되어 있다는 기관진식들인데……"

나예설이 경고하지 않았던가. 저 안에 설치된 기관진식들은 절대지경에 오른 무인이라 할지라도 돌파하기 어려울 것이라고 말이다.

"그래 봤자 사람이 설치한 함정에 불과하잖아."

조운학은 망설이지 않고 동굴 속으로 들어갔다.

깊고 드넓은 동굴은 수천 년 동안 자라난 종유석과 석순들로 꽉 차 있었다. 또한 섬뜩하고 기이한 형상들이 빛을 발하고 있었다. 무지갯빛 종유석에 의해서만 빛을 발하는 밤의 동굴이었다.

조운학은 입구에 준비되어 있는 횃불에 불을 붙인 후 들고 안으로 들어갔다. 굽이치는 불꽃이 들쑥날쑥하게 동굴 안에 그림자를 던졌다. 그러나 횃불을 켰음에도 불구하고 동굴 끝은 보이지 않았다.

조운학은 언제 기관진식이 발동되는지 몰라 긴장감을 늦추지 않았다.

거대한 암석층으로 걸어 들어가자 희미한 영상이 물에 비쳐 보였다. 지하로 흐르는 강은 너무도 깊고 맑아서 종유석 천장을 거울처럼 비춰 주었으며, 잔물결도 좀처럼 일어나지 않았다.

"뗏목이 있네."

조운학은 둑에 있던 대나무로 만든 뗏목을 보며 고개를 갸웃거렸다.

"혹시 기관진식이 설치되어 있다는 말, 거짓말 아냐?"

이곳까지 오면서 단 한 번의 함정도 발동하지 않았다. 아무리 생각해도 이상하지 않은가.

조운학은 왠지 느낌이 좋지 않았다. 하지만 여기까지 와서 멈출 수도 없었다.

"한 번 시작을 했으면 끝장을 봐야지."

그는 횃불을 뗏목 머리에 고정시킨 다음, 기다란 노를 들고 강으로 뗏목을 밀어 냈다. 노 젓는 소리가 동굴 속의 정적을 갈랐다.

동굴 속으로 깊이 들어갈수록 바위 때문에 소리가 막혀 사면이 고요했다. 강물은 완전한 정적 속에서 거대한 동맥처럼 흐르고 있었다.

강물이 갈라지면서 여러 동굴로 나뉘어 흘렀다. 다행히 여러 동굴 중 한 동굴 입구에는 야광주가 박혀 있었다. 친절하게 이곳으로 들어오라고 말하는 것만 같았다.

조운학은 주저 없이 야광주가 박혀 있는 동굴로 들어갔다. 횃불, 어른거리는 그림자, 그리고 영롱한 빛을 내는 바위의 모습은 기괴한 분위기를 연출했다.

이윽고 조운학은 환한 빛을 발견했다. 그건 하나의 석굴이었다.

"저기군……."

조운학은 뗏목을 석굴에 대었다. 강가에서 50보쯤 떨어진 석굴 끝을 향해 걸어가자 널찍한 반석이 나왔다. 그곳에도 제법 커다란 야광주가 한 개 박혀 있어 환한 빛을 뿜어내고 있었다.

"역시 천강신문은 보물덩어리야. 이 야광주만 빼내서 팔아도 한 몫 단단히 챙기겠는걸."

조운학은 정말로 야광주를 빼내려는 듯이 손에 힘을 줬다. 하지만 어지간히 깊게 박힌 듯이 요지부동이었다. 그는 안 되겠다 싶었는지 품속에서 새하얀 비수 한 자루를 꺼냈다.

지금 그의 손에 쥐어진 비수는 천강신문의 보물 중 하나인 관음곤옥비(觀音崑玉匕)였다. 나예설에게 받은 것으로, 그 날카로움은 바위를 두부처럼 가를 정도였다. 더욱이 관음곤옥비에는 한 가지 효능이 있는데, 문제는 그걸 단 한 번만 사용할 수 있다는 것이다.

어쨌든 지금은 그 효능보다는 관음곤옥비의 날카로움이 필요했다. 관음곤옥비로 야광주를 꺼낼 생각이었다.

그러다 조운학은 문득 야광주가 오른쪽으로 살짝 움직인다는 걸 알아차렸다. 그래서 야광주를 오른쪽으로 돌리니 야광주가 움푹 안으로 들어갔다.

구우웅!

그 순간 거대한 울림과 함께 석문이 완전히 갈라졌고, 정녕 엄청난 광경이 눈에 들어왔다.

"호오!"

조운학은 눈앞에 펼쳐진 신비한 광경에 입이 벌어졌다. 그곳은 태고의 숨결이 숨 쉬는 듯한 거대한 지하 분지였다. 위로는 거대한 구멍이 뚫려 있어 환한 빛이 영롱하게 쏟아지고 있었다. 또한, 그곳은 거대한 서고이기도 했다. 가지런히 도열한 수많은 책장에 낡은 서책들이 자리를 빼곡히 채우고 있었다.

조운학은 그 서책들이 천강신문의 무공 비급이라는 걸 알아차렸다. 저 전설의 구천좌 중 3명의 무신이 개파한 천강신문이었다.

그 후로 수백 년이나 흘렀으니 그동안 이어져 내려오고 창안되어진 무공은 헤아릴 수 없을 정도로 많았을 것이다.

즉, 이 수많은 무공 비급 중 몇 권만 천하에 나가도 서로 차지하기 위한 피바람이 불 것이 분명했다.

그러나 조운학은 무공 비급에는 관심이 없었다.

"어디 있을까나……."

그는 천강신문의 보물이 보관되어 있는 곳을 찾기 위해 두리번거렸다. 사방을 살피며 걷고 있던 조운학은 갑자기 걸음을 멈추고 어느 한곳을 직시했다. 하늘에서 쏟아져 내리는 빛줄기가 유독 집중된 곳이 있었다. 그 신비롭고 영롱한 빛의 소나기 속에 무엇인가가 있었다.

조운학은 끌리듯 그곳으로 걸음을 옮겨갔다. 그것은 커다란 철궤였다.

"이거다."

조운학은 드디어 자신의 바람이 이루어졌다는 희열을 감출 수 없었다. 철궤를 열려고 손을 뻗었으나 퍼뜩 무언가를 떠올리고는 주춤거렸다.

"혹시 이걸 열면 기관진식이 작동하든지 하는 거 아냐?"

그는 마지막까지 방심하지 않았다. 혹시나 싶어 철궤 주변을 샅샅이 살펴봤다. 하지만 어디에도 장치 비슷한 것이 설치된 흔적이 보이지 않았다.

조운학은 그제야 안심하며 철궤를 열었다. 그 안에 가득 담긴 보물들을 기대하면서 말이다. 하지만 철궤 안은 그의 예상과는 달랐다. 텅 비어 있었기 때문이다.

"엥?"

조운학은 놀라며 철궤 안을 샅샅이 뒤졌으나 아무것도 없었다. 철궤 안에 무슨 장치라도 있나 싶어 얼굴을 밀어 넣었으나 마찬가지였다.

"이게 뭐야."

조운학은 실망감을 감추지 못했다. 분명히 얌전히 안에 들어 있어야 할 보물들이 단 한 개도 없었던 것이다.

"이게 아닌가……."

그는 다시 주변을 두리번거렸다. 그러다 또 하나의 철궤를 발견할 수 있었다. 아니, 그건 전체적으로 옥으로 만들어져 있었다. 거기에 약 향이 풍겨져 나오는 게 천강신문의 영약들을 보관해 놓은 거 같았다.

"이번에야말로……."

조운학은 옥궤를 주저 없이 열었다. 하지만 이번에도 그를 맞이한 건 텅 빈 공간이었다. 그저 옥궤 바닥에 깔린 약초 부스러기만이 이곳에 영약이 있었다는 걸 알려 줬다.

조운학의 얼굴이 참혹하게 일그러졌다.

"대체 어디에 숨긴 거야!"

그는 치밀어 오르는 분노를 참을 수가 없었다. 치밀한 계획하에 일부러 맞고 기절까지 했었다.

이 모든 게 나예설이 자천감로주를 훔쳐 먹은 것에 대한 보복을 하기 위해서였다. 그에 대한 대가로 몇 가지 보물을 얻었으면서도 이런 짓을 한다는 것을 다른 사람들이 알게 된다면 치졸하다고 욕할 것이다. 하지만 조운학은 그런 사람들에게 '내가 원래 한 치졸 하는 성격이거든.' 하면서 태연하게 날내꾸할 게 분명했다.

그런데 완벽하리라 생각했던 조운학의 계획이 마지막에서 어긋나 버리고 말았다. 천강신문의 비밀 석실에 보물들과 영약이 없었던 것이다.

조운학은 혹시나 하는 마음에 지하 분지 곳곳을 빠짐없이 뒤졌다. 하나, 더 이상 아무것도 발견할 수 없었다. 그는 지하 분지가 떠나가라 외쳤다.

"우와악! 대체 어디에 숨겨 놓은 거야!"

비밀 석실 안에서 아무것도 건지지 못한 그는 밖으로 나온 후 잠시 곰방대를 입에 물었다. 들끓는 분노를 가라앉히기 위해서였다. 어떻게 찾아온 비밀 석실인데, 건진 건 아무것도 없었다.

그러다 문득 조운학의 시선이 야광주에게 향했다. 그의 표정에 처음으로 화색이 돌았다.

제3장
자신만의 문파를 만들어라

 화산과 가장 가까운 산으로는 백장산이 있었다. 나예설과 그 일행은 화산파를 떠난 날 이곳 백장산의 초입에서 하루를 보냈다. 마을로 갈 수도 있었지만 백장산을 넘으면 하남으로 가는 길을 3일이나 단축시킬 수 있기에 이쪽으로 길을 잡은 것이다.

 백장산의 험준한 산길을 따라 올라갈수록 산세는 더욱 험해지고 길은 훨씬 힘들어졌다. 오른쪽으로는 끝이 보이지 않는 골짜기가 펼쳐져 있었고, 왼쪽으로는 우뚝 솟아오른 절벽이 바짝 붙어 있었다.

 덩치 큰 바위들을 따라 쌓아 올린 돌계단을 10여 개쯤 올라가야 비로소 절벽을 건너 바위 사이로 흐르는 개울을 만났다.

 그 위를 돌다리가 가로지르고, 다리 양쪽에는 오랜 세월의 풍상을 겪은 고목들이 무성한 가지와 잎을 드리우고 우뚝 서 있었다. 게다가 이름을 알 수 없는 넝쿨들은 고목을 휘감으며 선홍빛이 감도는 작은 열매를 맺어 그윽한 향기를 발했다.

 바야흐로 한여름의 정오 무렵인데도 중천의 태양은 맥을 추지 못했다. 뜨거운 햇살이 겹겹의 잎과 가지에 가로막혀 조금도 더위를 느낄 수가 없었다. 높은 곳에서 흘러내리는 맑은 개울물이 귓가에서 낮게 속삭였다.

 일행은 이곳에서 잠시 휴식을 취하기로 했다.

 나예설은 조용히 주변의 경관을 감상했다. 주위를 둘러보니 선옥정은 신 나는 표정으로 오빠인 선우궁에게 계속 참새처럼 재잘거리고 있었다. 상유란과 서문단려는 개울가의 물을 마셨고 매화질풍대는 쉬는 와중에도 번뜩이는 눈으로 주변을 철저하게 지켰다. 그러면서도 가끔 나예설을 바라보며 멍하니 입을 벌리기도 했다.

 나예설은 이런 일행 중 지금은 없는 한 사람이 떠올랐다. 바로 조운학이었다. 요즘 들어 매일 보다시피 한 그가 이곳에 없자 왠지 마음이 허전했다.

 '며칠만 참으면 돼…….'

 그녀는 시선을 아래로 던졌다. 바둑판 모양의 논들이 지평

선까지 이어져 있는 분지는 태양빛 아래 그 아름다운 자태를 드러내고 있었다.

하늘에는 힘찬 도약을 위해 몸을 웅크리고 있는 맹수의 잔등처럼 구름이 둥실둥실 피어오르고 있었다. 더 먼 곳을 바라보니 구불구불 흘러가는 황하의 모습도 희미하게 보였다.

나예설은 새삼 자신이 지금 세상 밖으로 나가려고 한다는 걸 알 수 있었다.

"할아버지……."

그녀는 문득 친할아버지인 나철명을 떠올렸다.

자신이 왜 어린 나이에 천강신문의 문주 자리에 올라야 했는가. 왜 천강신문이 무너졌는가. 왜 자신의 친인들과 가족들이 모두 죽어야 했는가.

모두가 마정의 유혹을 이기지 못한 황천상과 몇몇 은자들 때문이다.

처음에는 얼마나 원망했던가. 또 얼마나 울었던가.

하루하루 숨을 쉬는 것조차 힘들었다.

그때 친할아버지인 나철명이 그런 자신을 자상하게 안아주며 밀했다. 그를 용서하라고. 그들에게는 한 점의 사심도 없었다고.

그저 수백 년간 내려온 유지, 그것에 얽매여 있는 천강신문의 사람들. 그들은 그저 친인들이 좀 더 자유롭게 살아가길 원했던 것이다. 이곳 마림평에만 갇혀 살지 말고 드넓은 세상으로 나가길 바랐을 뿐이다.

 이런 나철명의 말이 사실인지 아닌지는 지금도 알 수 없었다.

 머리에 연이어 떠오르는 건 나철명이 마정의 광기에 빠진 은자를 망혼독지로 유인하기 전 환하게 웃으며 했던 말이었다.

 '예설아, 슬퍼하지 말거라. 나는 단지 해야 할 일을 할 뿐이란다. 아느냐. 큰 나무는 큰 나무대로, 작은 나무는 작은 나무대로 아름답단다. 큰 나무는 구름에 가깝게 있어 좋고, 작은 나무는 땅에 가깝게 있어 좋은 거란다. 예설아, 고통 없는 삶은 존재하지 않는다. 살아 있음은 곧 고통을 느끼는 행위지. 물론 삶이 고통으로만 채워져 있는 것은 아니란다. 삶의 갈피 속에는 기쁨이 곳곳에서 반짝인단다. 삶이 간단하지 않은 것은 기쁨의 존재 조건이 고통이라는 사실 때문이란다. 그러니 예설아, 어떤 일이 있어도 살아야 한다. 알겠느냐? 결코 포기해서는 안 된다.'

 나예설의 두 눈동자에 아련한 빛이 어렸다.
 늘 자신을 위해 주었고, 처음 무공을 배울 때 열심히 하는 자신을 향해 너털웃음을 터뜨리며 다정하게 머리를 쓰다듬어 주던 손길이 아직까지 기억났다.

나철명은 마지막까지 자신을 믿었다. 자신이 무슨 일을 하든, 그리고 그 일 때문에 기억할 수 없을 만큼 맞고 셀 수 없을 만큼 넘어져도 다시 일어설 수 있을 거라는 맹목적인 믿음이었다.

'할아버지… 저 꿋꿋하게 살아갈게요…….'

그때 그녀의 귓가에 들려오는 소리가 있었다. 나예설은 끌리듯이 그곳을 향해 걸음을 옮겼다.

잠시 후, 석대(石臺)가 앞길을 막았다. 석대 밑으로 험준한 계곡이 까마득하게 보였다. 튀어나온 바위들과 군목들이 시선을 가로막았다.

나예설은 소리가 들려오는 곳으로 시선을 돌렸다. 숲을 배경으로 한 줄기 청량한 물줄기가 시야에 들어왔다. 폭포였다. 폭포는 산 앞의 암굴에서 솟아나와 하늘 위에서 아름다운 포물선을 그리며 떨어지고 있었다.

엄청난 힘으로 솟구치는 물줄기는 아래로 쏟아졌다. 바위와 만나면 물기둥은 순식간에 부서져 줄이 끊긴 구슬처럼 사방으로 흩어졌다. 때로는 안개가 걷히는 새벽 공기 속으로 물 기운이 점점이 떠오르는 것처럼 보였다.

태양은 꿈틀거리는 수면 위를 비추고, 포말들은 햇살 속에서 빛을 산란한다. 화려한 비단을 가지각색의 보석으로 장식한 듯한 아름다움에 절로 경탄성이 흘러나왔다.

"황 할아버지가… 폭포를 좋아하셨지."

천강신문의 마지막 문도이자 늘 죄책감에 시달렸던 황천상. 그가 죽기 전의 대화가 떠올랐다.

"문주… 아니, 예설아, 천강신문은 이제 한 명만이 남는구나."
"……"
"하지만 나는 생각한다. 한 명이면 어떻고 열 명이면 어떻더냐. 사람의 수는 중요하지 않다. 중요한 건 무엇을 하고자 하는 의지란다. 지금도 눈을 감으면 그때가 선연히 떠오른다. 수많은 사람들이 웃고, 또 울기도 하고, 서로를 배려하고, 또한 경쟁하는 그런 광경들이 말이다. 그러니 예설아… 언젠가… 언젠가 이곳이 다시 그리되도록 노력하거라. 이것이 나의 마지막 소원이란다."
"황 할아버지도 같이하셔야죠. 같이하셔야 돼요……. 지금… 그런 말 하는 게 어디 있어요……."
나예설은 애처롭게 흐느꼈다. 쉴 새 없이 흐르는 눈물을 소매로 훔치며 울고 또 울었다.
그 모습이 너무 안쓰러워 황천상은 자신도 모르게 손을 들었다. 나예설을 안아 주고 싶었다. 하지만 그래선 안 된다는 걸 그는 잘 알고 있었다. 그는 들었던 손을 힘없이 내렸다.
"예설아, 그렇게 계속 울기만 할 것이냐? 시간이 얼마 남지 않은 나에게 눈물만 보여 줄 셈이더냐?"
"……"

잠시 정적이 흘렀다. 나예설에겐 지금 눈앞에 닥친 상황을 받아들일 시간이 필요했고, 황천상은 묵묵히 기다려 줬다.

어느 정도의 시간이 흐른 후, 나예설은 입술을 질끈 깨물며 말했다.

"황 할아버지의 소원… 반드시 이루어 드릴게요."

그녀는 결심했다. 몰아닥치는 슬픔에 떠는 건 나중에라도 가능했다. 지금은 아무것도 못해 우왕좌왕하는 것보다 황천상이 원하는 걸 이루어 줘야 했다.

그렇기에 이렇게 우는 모습만 보여 줄 수는 없었다. 최소한 황천상이 원하는 걸 들어줘야 했다. 지금 자신이 할 수 있는 건 그것밖에 없었다.

마음이 아프지만, 갈가리 찢어질 정도로 아프지만 사력을 다해 억눌렀다.

황천상이 대견스럽다는 듯이 웃었다.

"고맙구나, 예설아. 천강신문은 이제 끝이다. 칠백 년, 참으로 기나긴 세월이란다. 그 세월 동안 이어져 내려온 건 기적에 가까운 일이지. 그러니 굳이 천강신문에 얽매이지 말고 너 자신만의 문파를 만들어 보거라. 공령지경이라는 불가해한 경지에 매달려 많은 사람들을 희생시키는 문파는 여기서 끝이란 말이다. 하지만 천강신문의 정신만은 이어 가길 바란다. 정성을 다하고, 의를 행하고, 명예를 중시하고, 신명을 다 바치며, 부끄러움을 알아라. 예의를 갖추고, 결백을 지키며, 무를 중시해라. 교

만하지 않고, 꾸미지 않으며, 자비를 가져라. 훗날, 문주의 제자들에게도 이 마음가짐을 가르쳐라."

"명심하겠습니다."

나예설을 바라보는 황천상의 눈빛은 따뜻했다.

"예설아, 이젠 어떻게도 할 수 없단다. 이미 끝나 버린 일. 지금 네가 탄 배는 가라앉기만을 기다리는 고물이라 할 수 있다. 그렇다면 새로운 배를 만들어 다음으로 나아가는 수밖에 없단다. 살아 있는 한은, 반드시 길은 있는 거란다. 그게 어떤 길이든, 살아 있는 한 길은 계속된다는 말이다. 더 이상 걸어갈 수 없다고 한다면, 정녕 모든 걸 포기하고 싶다면 죽는 걸로 여행을 끝낼 수도 있다. 나는 여기서 무너지지만 너는 계속 걸어가길 바란다. 끝없이, 힘들어도 계속……. 그럼 언젠가는 네가 바라는 것이 나오지 않을까. 아니, 분명 나올 거다. 그러니 포기하지 말거라. 악다물고, 기어서라도 나아가거라. 너는 할 수 있다. 분명히 할 수 있다."

"황 할아버지……."

나예설의 눈에 그렁그렁 눈물이 넘쳤다.

"예설아, 후회가 없다는 건 거짓말이 아니다. 내 지금 모습은 비록 내 마음과 전혀 다른 것이지만, 그리고… 마지막까지 초라한 뒷모습만 보여 준다는 게 마음이 아프지만… 어쩔 수 없이… 난 쉬게 되었다. 하지만 상관없다. 난 널 믿으니. 예설아, 조금쯤은 약해도, 달아나도 괜찮아. 다만, 다만… 마지막엔 지지 말거라."

 황천상은 조용히 눈을 감았다. 천강신문의 마지막 문도의 죽음이었다. 이제 남은 건 단 한 명의 문주뿐이다.

 나예설은 나직이 읊조렸다.
 "황 할아버지, 제가 그렇게 만들 거예요. 수많은 사람들이 웃고, 또 울기도 하고, 서로를 배려하고, 또한 경쟁하는 그런 문파를……. 그리고 훗날 하늘로 가게 되면 황 할아버지를 찾아가서 자랑할게요."
 생전 처음으로 세상 밖으로 나와서 그런지 천강신문에서의 시간들이 계속 떠올랐다.
 "우와! 단려야, 여기 와 봐. 정말 멋지다."
 그때 상유란과 서문단려가 다가왔다. 두 소녀는 잠시 나예설의 옆에 나란히 선 채 폭포를 감상했다.
 상유란이 말했다.
 "저기에 풍덩 뛰어들면 재밌겠다."
 서문단려가 대꾸했다.
 "그 재밌는 걸 한번 보여 줘."
 "같이 해 보자."
 "네가 먼저 하는 걸 보고 결정할게."
 "치사하게."
 "칭찬 고마워."

"이익……."

상유란은 분하다는 표정을 지었다. 그러다 문득 떠오르는 게 있어 나예설을 올려다봤다.

"그런데 나 언니, 한 가지 물어봐도 되나요?"

"말해 보렴."

"떠나기 전에 장문인께 무언가를 건네던 거 같던데 그게 뭐예요? 어제부터 그게 뭔지 단려와 추측을 했는데 저는 뇌물이라고 생각했고, 단려는 물건을 맡긴 거라고 생각했어요."

나예설은 담담히 웃었다.

"왜 뇌물이라고 생각하니?"

"그거야 앞으로 천강신문과 화산파의 관계를 위해서 미리 약을 쳐 놓는 거죠."

"약이라니?"

나예설의 정말로 모르겠다는 표정에 상유란은 설레설레 고개를 저었다.

"나 언니도 세상 밖으로 나가는 마당에 이제 처세술에 대해서 조금은 아셔야겠어요. 할아버지가 이렇게 말씀하셨어요. '세상에 공짜 좋아하지 않는 사람은 없고, 그걸 한 번이라도 받으면 버릇이 되어 끊을 수가 없게 된다.' 라고요."

"그렇구나."

"나 언니, 앞으로 천강신문이 번창하기 위해서라도 화산파의 도움은 꼭 필요하니 미리미리 장문인을 회유해 버리세요. 질릴 정도로 선물이라는 명목의 뇌물을 한가득 안겨 주는 거예요."

"그게 도움이 돼?"

"그럼요. 저라면 아예 화산파 옆에 지금의 화산파 크기의 건물을 더 지어서 공짜로 줘 버렸을 거예요. 그럼 화산파도 받은 게 있으니 쉽게 외면하지 못할 거고, 그렇게 조금씩 끌어오는 거예요. 더욱이 화산파는 정파라 잘 안 될 때는 정의가 어쩌고 의기가 어쩌고 하면 잘 통해요. 현재 화산파의 성세가 최고조라 금세 본전을 뽑고도 남을 걸요. 아얏!"

열심히 나예설을 설득하던 상유란은 돌연 뒤통수에서 덮쳐드는 충격에 인상을 찌푸렸다. 보다 못한 서문단려가 뒤통수를 내리친 것이다.

"지금 네가 나 언니께 뭘 가르치려고 드는 거야!"

"아프잖아. 그리고 이건 세상을 살아가는 데 꼭 필요한 거라고."

"정말 그렇게 생각해?"

"당연하지."

"지금 네가 한 말 그대로 사부님께 전해 줄게."

"내가 잘못했어."

상유란은 주저 없이 사과했다. 이 일이 사부인 조운학의 귀로 들어가 응분의 대가를 치를 바에는 사과하는 게 낫다고 판단한 것이다.

서문단려가 친우의 조언을 정정했다.

"나 언니, 방금 전에 유란이가 한 말은 잊어버리세요. 돈이 많은 집에서 자라다 보니 어릴 적부터 못된 것만 배웠다니까요."

그러자 상유란이 기분 나쁘다는 듯이 반박했다.

"야! 우리 집은 돈이 많은 정도가 아니라 너무너무 많은 거거든."

나예설은 결국 웃음을 터트렸다.

"호호, 너희 둘의 대화는 너무 재미있구나."

상유란과 서문단려는 그렇게 나예설이 환하게 웃자 서로를 바라보며 나직이 미소 지었다. 홀로 이곳에서 상념에 빠져 있던 그녀가 왠지 모르게 슬퍼 보였는데 웃으니 안심이 되는 기분이었다.

나예설은 이런 두 소녀의 마음을 아는 듯 입가에 포근한 미소를 머금으며 말했다.

"아까 장문인께 무엇을 건넸는지 물었지? 그건 단려가 맞혔단다."

순간 상유란과 서문단려의 희비가 엇갈렸다.

"뇌물이 아니었다니."

"나 언니가 너 같은 속물이신 줄 아니?"

"쳇."

"그런데 나 언니, 장문인께 무엇을 맡겼는지 물어봐도 되나요?"

"아… 그건 말이야."

나예설은 폭포를 향해 시선을 돌리며 말을 이었다.

"조 공자가 천강신문에 도둑이 들지 모른다고 걱정하셨거든. 청삼이가 지키고 있어도 불안하다고 말이야. 곰곰이 생각해 보니 조 공자의 말도 일리가 있었어. 그래서 천강신문의 보물과 영약들을 장문인께 맡겼던 거야."

"그럼 그게 전부 천강신문의 보물과 영약이었어요?"

"그래."

상유란이 걱정스러운 듯이 물었다.

"장문인이 꿀꺽하면 어떡해요?"

"유란이는 장문인을 믿지 못하니?"

"당연하죠. 제가 믿는 건 할아버지와 단려, 그리고 사부님과 나 언니밖에 없다고요."

"어머, 나도 포함되는구나."

"헤헤."

상유란은 부끄러운 듯이 머리를 긁적였다.

"나도 유란이를 믿는단다. 그리고 장문인도 믿어."

"알겠어요."

상유란은 납득하는 표정을 지었고 서문단려가 다시 물었다.

"그런데 비밀 석실에는 기관진식이 설치되어 있다고 말씀하셨잖아요."

"그럼에도 왜 굳이 장문인께 맡겼냐고?"

"예."

나예설의 표정이 조금은 묘하게 변했다.

"사실 조 공자에게는 말하지 못했지만 그 기관진식이란 게… 이상하다고 해야 할까… 소용이 없다고 해야 할까……"

상유란은 흥미롭다는 듯이 물었다.

"그게 무슨 말이에요?"

"그러니까 비밀 석실의 기관진식은 오래전 본 문의 천기자라 불렸던 기인이 설치하셨어. 그분은 기관진식에 관해서는 감히 견줄 사람이 없을 정도로 대단한 실력을 지니셨다고 해. 하지만 그분은 기관진식에 사람이 상하는 건 좋아하지 않으셨어. 그저 자신의 기관진식에 허둥대는 사람들의 모습을 즐기는 데 만족하셨다고 전해져."

서문단려는 고개를 끄덕였다.

"재밌는 분이셨군요."

"나도 그렇게 생각해. 그분이 말년에 비밀 석실에 기관진식을 설치하는 일을 맡으셨어. 본 문의 보물과 영약, 그리고 무공 비급들이 보관되어 있는 곳이기에 평소처럼 장난스러운 기관진식은 설치하지 못했어. 그분은 평소 마림평의 독을 모으기도 하셨는데 그 독을 모두 사용하셨다고 하니 오히려 지금까지와는 비교도 안 되는 무시무시한 기관진식을 설치하신 거나 다름없었어. 하지만 그렇다고 해서 그분의 성정이 변하는 건 아니었어."

상유란이 물었다.

"기관진식이 작동되지 않는 거예요?"

"그건 아냐. 기관진식은 아주 잘 작동된다고 해. 문제는 그 기관진식이 작동하기 위해서는 선결 조건이 있는데 그게 아주 까다롭다는 거야."

서문단려가 물었다.

"어느 정도이기에 까다롭다는 거죠?"

"먼저 비밀 석실에 누군가가 침입해도 기관진식은 작동하지 않아. 그리고 침입자가 비밀 석실에 들어가 본 문의 보물들을 훔쳐도 마찬가지야. 그리고 그 훔친 걸 다시 들고 나올 때에도 기관진식은 작동하지 않아."

상유란과 서문단려는 황당하다는 표정이었다.

"그게 뭐예요."

"그럼 기관진식이 전혀 필요 없잖아요."

"그분은 본 문의 보물들을 도둑맞는 것보다 침입자가 자신의 기관진식에 목숨을 잃는 걸 더 싫어하셨던 거야."

상유란이 물었다.

"대체 기관진식이 발동하는 선결 조건이 뭐예요?"

"비밀 석실로 들어가는 입구에는 야광주가 박혀 있어. 그

야광주 또한 보물이라 할 수 있지만 비밀 석실에 안에 있는 보물들과 비교하면 하찮은 물건에 불과해. 그분은 비밀 석실의 보물을 노리는 침입자가 그런 야광주까지는 노리지 않을 거라 생각하셨어. 그래서 야광주를 뽑으면 기관진식이 작동되게 하셨다고 해."

"우와! 뭐 그런 기관진식이 다 있어요?"

"그렇지? 나도 그렇게 생각해."

서문단려가 물었다.

"지금까지 비밀 석실에 침입자가 들어간 적은 없나요?"

"몇 명 있었다고 해."

"그런데 기관진식은 단 한 번도 작동되지 않았나요?"

"그래."

"엉터리잖아요."

"그래서 조 공자의 충고도 있고 해서 장문인께 맡긴 거야."

"그렇군요."

"더욱이 그분은 야광주도 잘 빠지지 않게 만들어 놨다고 해."

"철저하군요."

그제야 상유란과 서문단려는 나예설의 행동에 충분히 납득이 갔다. 그런 기관진식이라면 설치 안 하느니만 못했다. 무용지물이나 다름없지 않은가.

"그분은 그야말로 유아독존하며 아전인수하고 방약무인하면서 직정경행한 사람이나 자신의 기관진식을 작동시킬 수 있다고 말씀하셨대."

"한 마디로 세상에 다시없을 정도로 치사하고 욕심이 많으며 아무 생각 없이 움직이는 사람을 말하는 거네요?"

"정답이야."

"에이, 세상에 그런 사람이 어디 있어요."

"나도 그렇게 생각해. 그래서 그분이 설치하신 기관진식은 아마 영원히 작동하지 않을 거야."

상유란과 서문단려는 그런 나예설의 말에 공감한다는 듯이 고개를 끄덕였다.

세 사람은 전혀 알아차리지 못했다. 세상에는 그런 사람이 있다는 사실을 말이다. 또한, 그 사람이 자신들과 아주 가까운 사람이라는 것도.

※ ※ ※

조운학은 발끈했다.

"이게 왜 이리 안 빠져!"

그는 벽 속에 박혀 있는 야광주를 빼기 위해 노력 중이었다. 아무것도 건지지 못했으니 이거라도 챙겨 갈 생각이었던 것이다. 한데, 아무리 힘을 줘도 야광주는 요지부동이었다.

관음곤옥비를 사용해 빼내려고 해도 소용없었다. 결국 조운학은 현현진결을 일으켜 억지로 야광주를 뽑으려고 했다. 다행히 이런 노력이 통했는지 야광주가 조금씩 밖으로 밀려 나왔다.

"조금만 더… 조금만 더……."

조운학은 온정신을 야광주를 뽑는 데 집중했다. 결국 야광주는 더 이상 버티지 못하고 쑥 빠졌다.

"됐다!"

조운학은 야광주를 손에 든 채 희희낙락거렸다.

"이거라도 건졌으니 다행이야. 그러고 보니 야광주가 여기 말고 오는 길에 몇 개 더 있었잖아. 그것도 모두 뽑아 가야겠군."

그렇게 그가 이곳에 오기 전에 봤던 야광주를 떠올릴 때였다.

쿠르르르릉~!

동굴 내부가 마치 금방이라도 무너질 듯이 요동치기 시작했다. 그와 함께 사방에서 무거운 물건들이 움직이는 거 같은 소리들이 들려왔다.

"뭐, 뭐야?"

조운학은 당황하며 주변을 살폈다.

잠시 후, 동굴 내부의 흔들림과 소리들은 언제 그랬냐는 듯이 멈췄다. 그러자 그는 내심 안도하며 혹시나 놓칠까 싶어 야광주를 얼른 품속에 넣었다.

바로 그때부터 시작되었다.

천기자가 설치했으나 결코 발동되지 않으리라 생각했던 기관진식이 수백 년 만에 그 모습을 드러낸 것이다.

그리고 조운학의 눈앞에 지옥이 펼쳐졌다.

※　※　※

크아앙!

청삼이 포효 소리와 함께 덮쳐들었다.

"으악!"

현송은 비명을 지르며 조금이라도 스치면 전신이 으스러질 것 같은 청삼의 공세를 실로 아슬아슬하게 피해 냈다. 청삼은 포기하지 않고 다시 덤벼들었다. 사력을 다해 몸을 옆으로 던지다시피 해서 간신히 피한 현송의 얼굴에 암담함이 어렸다.

처음에는 사력을 다해 도망치고 대단한 성취를 이룬 구궁보를 펼쳐 가며 간신히 피해 달릴 수 있었다. 하지만 시간이 지날수록 온몸이 지쳐 가고 있었다.

이걸 청삼이도 알고 있는지 이제는 천천히 압박해 갔다.

그야말로 벼랑 끝에 몰려 있는 상황.

현송은 억울했다. 왜 자신이 이런 꼴을 당해야 한단 말인

가. 그는 도저히 이 분노를 참을 길이 없어 눈앞에서 으르렁거리는 청삼에게 토해 냈다.

"조 장로님 때문이라고, 조 장로님! 내가 아니라 조 장로님 때문에······!"

현송은 소리치다 문득 한 차례 주위를 둘러본 후 더욱 목소리를 높였다.

"아니, 조운학 때문이라고! 조운학이 너한테 짱돌을 던지라고 시켰어. 알겠어? 네 한쪽 눈두덩이 부어오른 건 모두 조운학 때문이란 말이야!"

이런 현송의 울부짖음을 알아들었기 때문일까. 일순 청삼의 표정이 묘하게 변했다. 마치 무언가를 생각하는 것만 같았다. 그걸 본 현송은 한 가닥 희망을 가졌다.

'그러고 보니 저놈은 영물이잖아. 사람의 말을 알아듣는 게 분명해. 그럼 자세히 설명하면 이해해 주지 않을까?'

그는 다급히 입을 열었다.

"그러니까 우리가 여기서 이렇게 싸우는 것도 조운학 때문이야. 내가 뭘 안다고 그곳에 짱돌을 던졌겠어. 내가 얼마나 착한 사람인데. 알겠어? 모든 건 조운학 때문이야. 그러니 내가 아니라 조운학을 공격해야 된다고."

현송은 청삼이가 조운학이라는 이름이 나올 때마다 눈빛이 흔들리는 걸 알아차렸다.

'됐어. 이대로······.'

그는 계속 청삼이를 설득하려고 했다.

바로 그때였다.

크아앙!

청삼이 입을 쩍 벌리며 덮쳐들었다. 그 속도와 기세가 너무나 가공해, 현송은 감히 맞서질 못하고 허리를 숙였다.

"으악!"

청삼의 공격이 아슬아슬하게 스쳐 지나갔다. 하지만 그 풍압에 몸이 흔들렸다.

"대체 왜 공격하는 거야?"

현송은 도무지 이해할 수가 없어 소리쳤지만 청삼은 더 이상 기다려 주지 않았다.

청삼의 오른 발톱이 아래로 내리찍어졌다.

현송은 구궁보를 펼쳐 간신히 피했다.

청삼은 그런 현송을 향해 계속 공격했고, 쫓고 쫓기는 추격전이 다시 벌어졌다. 그러다 문득 현송은 번뜩 떠오르는 게 있었다.

"너, 조운학이 범인이라는 걸 알면서도 지금 나한테 덤비는 거지?"

그 말이 직격타였는지 성심의 거대한 동제가 일순 주춤거렸다. 청삼은 방금 전까지만 해도 자신을 피해 도망 다니기만 하던 현송이 두 눈을 부릅뜬 채 노려보자 내심 뜨끔하는 듯했다.

자신만의 문파를 만들어라 • 99

그건 당연했다. 청삼이에게 조운학은 재앙이었으며 공포였다. 처음 만났을 때 덤볐다가 태풍에 휘말린 나뭇잎처럼 훌훌 뒤로 날아가 버렸다.

그때의 고통은 아직도 뼛속 깊이 남아 있었다. 거기에 청삼은 조운학이 오랜 세월 동안 싸워 온 마림평의 영물인 녹옥쌍두사를 제거할 때의 광경을 기억하고 있었다.

청삼은 천강신문에서 태어나 지금까지 길러졌기에 수많은 무인들이 펼치는 무공을 지켜봤었다. 청삼이 보기에는 하나같이 경이로운 위력을 지니고 있었다. 하지만 그때 조운학의 보여 준 신위는 그런 청삼이 공포에 떨 정도였다.

그렇기에 청삼이에게 조운학은 나예설과 함께 결코 덤벼서는 안 되는 사람이었다.

현송이 아무리 조운학이 범인이라고 외쳐도 청삼이는 외면하고 있었던 것이다. 청삼이에게 있어 자신의 한쪽 눈두덩을 멍들게 만든 건 눈앞의 현송이었다.

왜냐, 가장 만만하기 때문이다.

크아앙!

청삼은 이런 자신의 마음을 감추기라도 하듯이 또다시 포효를 터뜨리더니 가공할 기세로 덮쳐들었다.

"으악!"

현송이 재빨리 한 걸음 뒤로 물러서자 청삼의 발톱이 아슬아슬하게 비껴 지나갔다.

그러자 이번에는 섬뜩한 송곳니가 촘촘히 박혀 있는 녀석의 이빨이 덮쳐들었다.

"이 똥개가 정말!"

현송은 청삼의 목덜미를 잡은 채 그대로 올라탔다. 그러자 청삼이 그를 떨어뜨리기 위해 마구 날뛰었다. 사력을 다해 놈을 붙잡았으나 한계가 있었다.

결국 현송은 허공에 떠오르고 말았다.

청삼은 기다렸다는 듯이 허공으로 솟구치며 입을 쩍 벌렸다.

그때 현송의 몸이 기묘하게 꺾이더니 실로 아슬아슬하게 청삼의 이번 공격도 피했다. 현송과 청삼은 다시 밑으로 떨어졌다. 하지만 청삼은 착지를 제대로 하지 못해 일순 비틀거렸다.

"지금이다!"

현송은 그때를 노려 청삼의 목덜미를 잡은 채 다시 올라탔다. 그러고는 청삼의 목덜미를 양손으로 에워싼 채 몸을 납작 엎드렸다.

크아앙!

청삼은 현송을 떨어뜨리기 위해 더욱 거세게 날뛰었다. 하나, 현송도 이판사판이었다.

"어디 누가 이기나 보자!"

현송은 더 이상 피하거나 도망 다닐 힘이 없었다. 이제 여기서 떨어지면 끝장이라는 각오로 달라붙었다.

 그렇게 현송이 끝까지 떨어지지 않자, 청삼은 갑자기 숲속을 질주하기 시작했다. 그 속도가 너무나 빨라 숨을 쉬기 어려울 정도였다.

 그럼에도 현송은 청삼에게서 떨어지지 않기 위해 사력을 다해 매달렸다.

 그는 절실하게 외쳤다.

 "사람 살려!"

※ ※ ※

 밤은 찼다. 휘영청 떠 있는 보름달은 검은 구름에 자주 모습을 감췄다. 주변에서는 차가운 강풍이 불어 댔다.

 마당에 놓여 있는 마루에는 한 노인이 차를 조금씩 들이켜고 있었다. 노인의 바로 옆에는 여인이 목석처럼 고요히 서 있었다.

 노인의 뇌리에 오래 전 함께했던 친우와의 대화가 떠올랐다.

 '자네는 무엇을 하려고 하는가?'
 '마도련의 힘으로 천하를 지배할 것이네.'
 '사부를 배신하고 친우를 배신하고 사매를 배신하면서까지 얻

으려 했던 게 고작 그것이던가.'

'그걸 어떻게 치부하든 상관없네. 나는 천하에 나의 이름 세 글자를 수백 년간 울려 퍼지게 할 것이네.'

'그런가… 정녕 그러한가……. 그럼 나는 떠나야겠군.'

'자네도 마도련의 사람일세. 그리고… 나의 친우이지 않은가.'

'그렇기에 떠나는 걸세. 마도련의 사람으로서 자네와 함께해야겠지만 친우로서는 불가능하기 때문일세.'

'왜 그리 생각하는가?'

'나는 배신당하는 걸 두려워하기 때문일세. 묻겠네. 나를 영원히 배신하지 않을 자신이 있는가?'

'……'

'대답은 알고 있었지만 그래도 조금 충격이긴 하군.'

'떠나려거든 대륜결과 패도팔검도 남겨 두고 가야 하네.'

'불가. 이 두 가지는 세상 밖에서 나와 인연이 닿는 사람을 통해 이어질 것이네.'

'내가 그걸 가만히 두고 볼 것이라 생각하는가.'

'상관없네. 적이 된 마도련의 고수들과 한번 어울려 보는 것도 좋을 거 같군.'

'정녕……. 좋네, 그럼 마지막으로 묻겠네. 나를 떠나려고 하는 진정한 이유가 무엇인가?'

'나는 말일세, 늘 겨울의 강을 건너가는 것처럼 걸어왔다네.

마치 한 걸음, 한 걸음 죽음이 기다리고 있는 것처럼 주의 깊게 걸었지. 진실을 알고 싶다고 했는가? 내가 말할 수 있는 것은 잡동사니뿐이고, 잡동사니가 아닌 것은 말하지 못하네. 나는 무엇보다 그걸 이해하지. 나는 지금 자네에게 지닌바 진실을 표현할 가능성은 전혀 없다는 것을 잘 알고 있다네. 왜냐하면 지금 그것을 말한 순간, 자네에게 그것은 의혹이 되어 버리기 때문이지. 말이라는 건 그것을 죽여 버린다고 나는 배웠기 때문일세. 하지만 말이라는 것은 유독하기도 하다네. 때론 진실은 침묵 속에서밖에 말할 수 없다는 거지. 그러나 어느 누구도 침묵을 이해하는 사람이 없어. 지금까지 자네가 나에게서 가져간 것은 진실이 아니라네. 그건 단지 알아야 할 것에 불과한 거야.'

'……'

'훗날… 나의 진전을 이은 자가 앞을 가로막는다면 물어보게, 진실이 어디에 있었는지를……'

"진실이라……"

노인은 차를 한 모금 들이켠 후 차 맛을 음미하듯이 잠시 두 눈을 감았다.

"그의 무덤에서 이런 말을 했었지. '아는가, 친우여. 너는 죽고 나는 아직 살아 있다. 그리고 역사는 살아 있는 자들이 이끌어 가는 것이다.' 라고……"

노인은 두 눈을 뜨고 밤하늘을 바라봤다.

"하지만 지금 이런 꼴이 되어 보니 알겠군. 역사란 살아 있는 자들이 이끌어 가는 게 아니라 결국은 힘을 가진 자의 의도대로 흘러간다는 것을……. 그렇지 않으냐?"

노인의 시선이 여인에게 향했다. 하지만 여인은 두 눈을 감은 채 침묵할 뿐이었다.

노인도 여인에게서 대답을 기대한 건 아닌 듯했다. 그는 다시 차를 들이키며 주위를 둘러봤다.

"이상하군. 왜 주인은 아직 오지 않는 것일까."

노인은 결국 차를 모두 마시고 말았다. 그렇다고 더 이상 차를 마실 기분도 들지 않았다. 이곳의 주인을 기다리면서 벌써 홀로 서너 잔을 마셨기 때문이다.

바로 그때였다.

부스럭거리는 소리가 들리더니 누군가가 모습을 드러냈다. 노인의 시선이 그곳으로 향했다. 이어 그의 표정이 기묘하게 변했다. 노인은 놀람과 분노가 함유된 표정을 짓다 이윽고 긴 탄식을 내뱉었다.

"오랜만이라고… 해야 하나."

그러나 상대는 이런 노인을 발견하고는 황당하다는 듯이 말했다.

"망할! 정말 재수가 없으려니……."

조운학은 땅이 꺼져라 한숨을 쉬었다.

제4장
꼭 저렇게 날뛰는 놈이 먼저 죽더라

'환장하겠네.'

조운학은 딱 지금의 심정이 그러했다. 지금 그의 몰골을 보라. 만신창이가 따로 없었다. 의복은 넝마로 변해 있었고 전신 곳곳이 피투성이였다. 바로 동굴에서 발동한 기관진식 때문이다.

야광주를 뽑은 후, 지옥이 시작되었다. 천기자가 설치한 기관진식이 발동한 것이다. 더욱이 기관진식이 발동하자마자 비밀 석실의 문은 닫혀 버렸다. 후퇴할 수도 없었던 것이다. 방법은 단 하나, 기관진식을 헤치고 밖으로 나갈 수밖에 없었다.

조운학은 사실 그때까지만 해도 그렇게 큰 걱정은 하지 않았다. 기관진식이 대단해 봤자 얼마나 대단하겠냐고 생각한 것이다.

절대지경을 이룬 고수가 고작 기관진식에 당한다는 건 어불성설이었다.

그러나 이런 생각이 오판이었다는 건 정확히 한 식경이 지난 다음에 알 수 있었다. 기관진식은 지독하다 못해 경이로울 정도였다.

먼저 동굴 속에 설치된 환영진이 발동되었다. 그건 조운학의 오감을 절묘하게 속였다.

호신강기쯤은 단숨에 꿰뚫어 버리는 암기들이 사방에서 튀어나왔고, 동굴 천장이 무너져 온갖 바위들이 독연기와 함께 쏟아져 내렸다. 동굴 안에서 잔잔히 흐르던 물이 태풍을 만난 듯이 요동쳤으며 수백, 수천 개의 물방울들이 암기처럼 덮쳐들었다.

조금이라도 방심하면 목숨이 사라질 것만 같은 순간이 계속해서 이어졌다.

가장 압권인 것은 사방에서 동굴 벽이 터지며 수많은 파편들이 암기처럼 쏟아질 때였다. 그때는 어디에도 피할 곳이 없어 물속으로 숨었다. 그러자 물 밑바닥에서 수백 개에 달하는 비침들이 덮쳐들었다.

조운학은 정말로 그때 죽는 게 아닌가 싶었다. 모든 내공을 퍼부어 물결을 갈라 비침의 궤도를 벗어나게 하지 않았다면 그대로 가라앉고 말았을 것이다.

 그럼에도 모두 피하지 못해 몇 개는 몸에 파고들었다. 사실 그때만 해도 조운학은 비침이 물속에서 덮쳐들었기 때문에 암기에 불과하다고 생각했었다.

 그런데 비침에는 물로도 씻겨 나가지 않는 지독한 독이 묻어 있었던 것이다.

 더욱 놀라운 건 그 독은 정확하게 입구에 거의 도달했을 때 발동했다. 입구에 도착해 살았다는 안도의 한숨을 쉬고 온몸의 긴장이 풀릴 때를 기다렸다는 듯이 움직인 것이다.

 그 독은 너무도 지독했다. 더욱이 방심하고 있을 때인지라 독은 순식간에 심장으로 침투했다. 만약 천황기가 움직여 저지하지 않았다면 그대로 즉사했을 게 분명했다.

 조운학은 동굴 밖으로 나온 다음 그 독을 없애 버리려고 했지만, 여간 지독한 게 아니었다. 사력을 다했음에도 겨우 왼쪽 어깨 부근에 모아서 더 이상 움직이지 못하도록 하는 게 최선이었다.

 그렇게 얻는 건 아무것도 없고 온갖 죽을 고생만 다 한 채 돌아오니 악군성이 기다리고 있는 것이다.

 조운학으로서는 절로 악 소리가 나오는 상황이 아닐 수 없었다.

 악군성은 그런 조운학을 위아래로 한 차례 훑으며 말했다.
"엉망이로군."

조운학은 태연하게 대답했다.

"요즘 한 가닥 깨달음을 얻어 무공 수련에 너무 열심이라서 말이오."

"그 부상들이 무공 수련 때문이란 말이군."

"무공 수련에 몸을 아껴서야 되겠소."

악군성은 고개를 끄덕였다.

"하긴 자네처럼 젊은 나이에 그 정도의 무위를 지니려면 그런 노력이 필요했겠지. 충분히 이해가 되네."

"칭찬 고맙소이다. 그보다 이곳에는 무슨 일이오?"

악군성은 차를 한 모금 들이켠 후 인상을 찌푸렸다.

"차가 식었군. 자네가 궁금해하지 않았는가. 철마와 자양, 이 두 사람 중에 누가 간자였는지 말일세. 그걸 알려 주려고 온 거라네."

"그걸 알려 주기 위해 일부러 이곳을 찾아온 것이오?"

"겸사겸사일세."

조운학은 품속에서 곰방대를 꺼냈다. 하지만 연초가 모두 물에 젖는 바람에 불을 붙일 수가 없었다. 그래도 버릇처럼 입에 물며 말했다.

"마도련의 전 련주께서 이토록 친절하신 줄은 몰랐소이다. 어쨌든 이왕 이렇게 된 거 물어보기라도 합시다. 누가 간자였던 것이오?"

"결과적으로 본다면 간자는 존재하지 않았네."

"내 말이 맞은 것이구려."

"그렇게도 볼 수 없는 게 철마와 자양, 이 둘은 처음부터 나의 부하였다네."

"그게 무슨 뜻이오?"

"오래전부터 단야의 곁에 심어 뒀던 심복이었지. 철마와 자양은 나의 명령에 따라 단야와 함께 천금뇌옥에 투옥된 것이네. 여기서 나는 한 가지 실수를 하게 되었네. 혹여 둘 중에 배신자가 나올 수 있다는 생각에 둘이 같은 동료라는 걸 알리지 않은 것이지. 즉, 둘은 자신만이 나의 명령을 따르고 있다고 생각한 거라네."

악군성은 식어 버린 차를 단숨에 들이켠 후 말을 이었다.

"지금 생각하면 그건 참으로 가혹한 명령이었다네. 정해진 시일도 없이 천금뇌옥에 갇혀 단야에게서 천룡지환에 대한 정보를 얻어야 했기 때문일세. 어느 순간부터 꾸준히 들어오던 보고가 차츰 끊기기 시작하더니 결국 더 이상 보고가 올라오지 않더군. 그것도 둘 모두에게서 말일세."

"나 같아도 배신하겠소이다."

"그런가… 하지만 만약 둘이 서로가 나의 명령을 따르는 동료라는 걸 알았다면 배신하지 않았을 거라 생각하네. 아니, 배신하고 싶어도 다른 한 명의 눈치가 보여 쉽지 않았을 테지."

"나는 시간의 차이일 뿐이라고 생각하오."

"결국 배신할 것이다?"

"당신이라면 십 년이 넘는 세월 동안 뇌옥에 갇혀 있어야 한다는 명령에 따르겠소?"

"……."

조운학은 혀를 찼다.

"쯧쯧! 보시오, 당신도 선뜻 대답하지 못하지 않소이까. 그런 걸 부하들에게 시켰으니 배신하는 건 당연한 거 아니겠소."

"내가 잘못했다는 거군."

"이제야 인정하는구려."

문득 악군성의 입가가 비틀려 올라갔다.

"상관없다네. 대가를 치르게 했으니."

"대가라니……."

조운학은 의아한 표정을 짓다 문득 떠오르는 게 있었다.

"그렇군. 단야가 철마와 자양을 죽인 건 바로 당신 때문이군."

"그저 넌지시 진실을 알려 줬을 뿐이네."

"어쩐지 오랜 세월 동안 천금뇌옥에서 함께한 둘을 한 치의 망설임도 없이 죽일 때 이상하다고 생각했지만… 당신 정말 악당이군."

"아랫것들을 다스리는 처세술 중 하나라네. 배신자에게는 응분의 대가를 치르게 해 줘야 아랫것들이 다른 마음을 품지 않지 않겠는가."

"그래서 현 마도련의 련주가 배신한 것이오?"

"그놈은… 처음부터 반골이었다네."

"직접 가르치던 제자도 배신했지 않소이까."

"……."

조운학은 득의양양한 표정으로 곰방대로 손바닥을 치며 물었다.

"갑자기 왜 말이 없으시오?"

"새삼 생각하지만 자네와의 대화는 늘 신선하다네. 지금까지 나에게 그렇게 직설적으로 말한 사람이 없기 때문일 테지."

"사부를 배신하고 친우를 배신하고 사매를 배신했으니 주변에 이런 진실을 말해 줄 사람이 있을 리가 있겠소이까."

악군성은 마루에서 조운학을 향해 돌려 앉았다.

"자네의 그 혀에는 꿀이라도 묻어 있는 모양이군."

"그게 무슨 말이오?"

"너무나 달콤해 머리가 아플 정도군. 내 그래서 정말로 꿀이 묻었는지 확인해 보고자 한다네."

"쉽지 않을 것이오."

"지금 자네의 몸 상태를 보고도 그런 말을 하는가?"

"이 정도 부상은 늘 있는 일상에 불과하오. 그보다 정말로 무슨 이유요?"

"이유라니?"

조운학의 시선이 여인에게 향했다.

"나하고 이런 밀담이나 나누려고 찾아온 건 아니겠고… 저 여인은 또 누구요? 혹시 숨겨 둔 자식 같은 거요?"

"빙후라고 한다네."

"별호가 아닌 이름이오?"

"자네보다 강하다네."

"그럼 당신보다 강하겠구려."

"그렇다네."

조운학은 악군성이 너무도 쉽게 수긍하자 새삼 빙후라는 여인을 훑어봤다. 그는 지금까지 악군성과 대화를 나누면서도 빙후를 언뜻언뜻 바라봤었다.

여인은 정말로 아름다웠다. 하지만 그 표정은 인형처럼 무감정하기 이를 데 없었다. 더욱 놀라운 건 지금까지 단 한 번도 두 눈을 깜빡이지 않았고 몸도 망부석처럼 어떠한 움직임도 보이지 않았다는 거다. 그저 멍하니 허공만 바라보고 있는 거 같았다.

악군성의 시선도 빙후에게 향했다.

"내가 어찌 그곳을 빠져나왔다고 생각하는가. 모두 빙후 덕분일세."

"그 당신의 사부를 물리치고 말이오?"

"그건 알아서 생각하게나. 어쨌든 빙후의 무위는 사부님과 비견해도 손색이 없다네."

"믿을 수가 없구려."

조운학의 의심은 당연했다. 악군성의 사부였던 노백은 저 전설의 신화경에 오른 초인이었다. 무공이 하늘에 닿았다고 해도 손색이 없었다.

그런 노백과 비견된다면 저 젊은 여인도 신화경에 올랐단 말인가.

조운학의 뇌리에 갖가지 의문들이 떠올랐지만 입 밖으로 내뱉지는 않았다.

악군성은 마루에서 일어섰다.

"자네 말대로 이제 밀담은 그만하지. 내가 자네를 찾아온 이유는 한 가지 도움을 받기 위해서일세."

"그게 무엇이오?"

"나와 함께 한 가지 난제를 해결해 줘야겠네."

"그 난제라는 게… 혹시 당신의 몸과 관련된 것이오?"

"어찌 알았는가?"

"지금까지 당신과의 관계를 생각해 보니 말이오, 주먹다짐이 벌어져도 벌써 벌어져야 하는 데 왠지 몸을 사리고 있는 거 같아서 말이오. 거기에 저 빙후라는 여인에게서 떨어지려고 하지 않는 것도 이상하고 말이오."

악군성은 감탄을 숨기지 않았다.

"과연… 자네를 속이기는 쉽지 않군."

"내가 이래 봬도 한 눈치 한다오."

"그럼……."

"거절하겠소."

"예상했던 대답이니 놀랍지도 않군. 그래서 그에 따른 준비도 해 왔다네."

"마음대로 해 보시오. 상황이 여의치 않으면 나는 도망칠 테니."

"자네라면 상황이 어려우면 도망치는 데 주저함이 없겠지. 하지만 자네가 도망친다면 화산파를 멸할 수도 있네."

이런 악군성의 협박에도 조운학은 개의치 않았다. 오히려 빙그레 웃으며 물었다.

"묻겠소. 내가 화산파의 멸문을 막기 위해 당신을 따를 거 같소이까, 화산파가 멸문하든 말든 도망칠 거 같소이까?"

"왜 후자에 더 무게가 실리는지 모르겠군."

"뭐, 상황이라는 게 어찌 변할지 모르는 거니 차분하게 이야기해 봅시다."

그때 악군성의 표정이 묘하게 변했다.

"자네… 시간을 벌려고 하는군."

"내가 왜 그래야 한단 말이오?"

"자네의 부상이 심각하기 때문이지."

조운학은 황당하다는 듯이 말했다.

"그렇게 의심스러우면 직접 확인해 보시구려."

"이미 확인하였네."

조운학의 얼굴에 의아함이 어렸다. 직후, 주위에 하나둘 유령처럼 모습을 드러내는 인영들이 있었다. 하나같이 흑의를 걸친 인영들은 원을 그리며 주위를 포위하고 있었다.

악군성이 말했다.

"내가 세상 밖에 숨겨 놓은 수하들이지. 자네가 이곳에 나타나기 전부터 숨어 있었는데, 몰랐는가?"

"하하, 당연히 알고 있었소이다."

"왠지 목소리가 떨리는 거 같군."

"착각이오."

조운학은 담담한 표정으로 한 차례 주위를 둘러봤다.

"겨우 이 인원으로 나를 막을 수 있다고 생각하시오?"

"정말 그렇게 생각하는가?"

그때 허공에서 한 인영이 벼락같은 속도로 조운학을 향해 덮쳐들었다. 조운학은 재빨리 피했지만 날카로운 무언가가 왼쪽 어깨를 스쳐 지나갔다.

파앗.

한 줄기 붉은 피가 솟구쳤고 조운학의 몸이 비틀거렸다. 한 흑의인이 그런 조운학을 비웃었다.

"킬킬, 련주님, 말씀하신 것보다 너무 약한 거 아닙니까."

"약해져 있다고 보는 게 정확하다."

흑의인은 혓바닥으로 피가 묻은 검신을 훑으며 계속 조운학을 조롱했다.

"킬킬킬… 참으로 멍청한 놈이군요. 지금까지 숨어 있었음에도 전혀 알아차리지 못했으면서도 허세를 부리고 있다니 말입니다. 오죽했으면 제가 저놈이 알아차리기를 바라며 몇 번이나 소리를 내었겠습니까. 킬킬, 그리고 멍청한 놈이어서 그런지 피 맛도 이상하군요."

악군성의 시선이 조운학에게 향했다.

"자네는 저런 내 부하의 말을 어떻게 생각하는가?"

조운학은 왼쪽 어깨의 상처를 지혈하며 대답했다.

"한 방 먹었구려."

"암흑십영이라고 한다네."

"대체 숨겨 둔 세력이 얼마나 되는 것이오?"

"이들이 전부라네."

"전혀 믿음이 안 가는 대답이구려."

그때 조운학을 공격했던 흑의인이 끼어들었다.

"킬킬, 련주님, 저놈 아까부터 계속 건방진데 팔이라도 한쪽 잘라 놓고 시작하는 게 어떻겠습니까?"

그러자 조운학이 어이없다는 듯이 그런 흑의인을 향해 혀를 찼다.

"쯧, 어르신들이 대화하는데 버릇없게 끼어들기나 하다니."

그러고는 다시 악군성을 바라보며 태연하게 요구했다.

"부하가 너무 제 분수를 모르는 거 같소이다. 그러니 저놈의 목을 자르고 다시 이야기합시다."

악군성은 침묵했고 흑의인의 웃음소리가 더욱 커졌다.

"킬킬킬, 그렇게 태연하게 이야기할 수 있는 시간도 많지 않을 것이다. 내 그때는 네놈의 가죽을 조금씩 벗겨 주마. 네 피 맛도 지금까지 맛본 피와는 다르더군. 참으로 흥미로워. 괴롭히며 죽이는 재미가 있겠어."

"그거 기대되는군. 그보다 처음 알았군. 내 피 맛이 다른 사람들과는 다르다는 걸."

"킬킬, 혀를 톡 쏘더군."

"그래? 그런데 한 가지 궁금한 게 있어. 너 이름이 뭐야?"

"킬킬, 사영이라고 한다."

"사영? 그러고 보니 암흑십영이라고 했지… 그럼 다른 놈들은 마영, 검영, 음영… 뭐, 이런 것들이냐?"

그러자 암흑십영 중 몇 명이 자신도 모르게 움찔거렸다. 조운학은 그걸 재치 있게 알아차렸다.

"정말로 그런가 보군. 이름들 꼬라지 하고는……. 누가 지었는지 모르겠지만 너무 대충대충 지은 거 아냐."

그 말에 악군성의 눈가가 살짝 찌푸려졌다. 조운학이 그런 그를 향해 충고했다.

"바로 이런 사소한 것 때문에 부하들이 앙심을 품는 거라오. 그러다 어떤 계기가 오면 떡하니 배신을 하는 거지. 그렇지 않소?"

"자네가 말했지 않은가, 본론으로 들어가자고. 그러니 더 이상 쓸데없는 소리를 하면서 시간을 벌려고 하지 말게."

"너무 속 보였소이까."

"곱게 잡힌다면 험한 꼴은 당하지 않을 거라고 약속하지."

"혹시나 싶어 묻겠는데… 당신이 원하는 것을 얻게 해 주면 나를 곱게 보내 주겠소?"

"그럴 리가 있겠는가. 하지만 이건 약속해 주지. 곱게 죽여 줄 수는 있다네."

조운학은 투덜거렸다.

"지랄. 결국 죽이겠다는 말을 무슨 선심 쓰듯이 하는 거야."

"왜 처음부터 말을 놓지 않았는가?"

"그거야 협상의 여지가 조금은 있지 않을까 생각해서였고. 이제는 그런 게 없잖아. 당신도 아니꼬우면 말을 놓으라고."

사영의 두 눈에서 스산한 빛이 번뜩였다.

"킬킬, 련주님, 언제까지 저놈의 망발을 들으실 겁니까. 저한테 맡겨 주시면 바닥을 기며 애원하게 만들어 버리겠습니다."

"이봐, 말을 똑바로 해. 전 련주야, 전 련주. 아니, 쫓겨난 련주라고 해야 하나."

"먼저 그 혀를 뽑아 주마."

"네가?"

"킬킬, 내가 못할 거 같으냐."

"응. 넌 못해."

조운학은 한 차례 실소를 터트리며 입을 열었다.

"이제 슬슬 일 각이 지났겠군."

"무슨 소리… 크헉!"

사영의 입에서 돌연 한 웅큼 핏덩이가 뿜어져 나왔다. 이어 그의 전신이 부들부들 떨리더니 두 눈동자가 금방이라도 튀어나올 듯이 부릅떠졌다.

"무, 무슨… 크아아악!"

사영의 피부색이 검게 변해 가더니 전신에서 검은 진물이 흘러나왔다. 검은 진물이 흩뿌려지니 바닥이 치이익 하는 소리와 함께 녹아들어갔다.

"사, 살려 줘… 크아악!"

"독이다."

"물러서!"

암흑십영은 당황했고 악군성도 당혹감을 감추지 못했다. 사영의 입에서는 연신 처참한 비명성이 터져 나왔다. 이윽고 사영의 피부가 녹아내리는가 싶더니 그대로 허물어졌다.

그때 조운학이 품속에서 무언가를 꺼내더니 그대로 바닥으로 던지며 외쳤다.

"이왕 이렇게 된 거 다 같이 죽자, 죽어!"

쾅! 하는 소리와 함께 새하얀 연기가 바닥에서부터 흘러나왔다.

"도, 독연이다!"

"련주님을 보호해!"

암흑십영은 재빨리 악군성을 에워싸며 분분히 뒤로 물러섰다. 빙후는 새하얀 연기가 덮쳐 와도 요지부동이었다.

잠시 후, 새하얀 연기는 바람에 휘날려 사라져 버렸다. 또한 조운학의 모습도 사라지고 없었다.

암흑십영에게 호위당하고 있는 악군성은 한 가닥 의문을 지울 수가 없었다.

'언제 사영이 독에 당했다 말인가?'

지금까지의 상황을 떠올리면 조운학은 이미 사영이 독에 중독되었다는 걸 알고 있었다. 하지만 언제 그 독을 살포했는지 도무지 알 수가 없었다.

그때 악군성의 뇌리에 사영이 조운학을 덮쳐 상처를 내었을 때와 검에 묻은 피를 혀로 맛봤던 상황이 번개처럼 떠올랐다.

그제야 악군성은 모든 상황을 이해할 수 있었다.

'그놈의 피에 독이 있었던 것이다. 이곳에 나타났을 때 그놈은 만신창이였다. 거기에 독에 중독되어 있었던 것이다. 그놈은 그 독을 왼쪽 어깨에 모아 놨던 것이고, 사영은 하필이면 왼쪽 어깨에 상처를 내었다. 그리고 독이 함유된 피를

먹는 바람에 중독되었던 게 분명하다.'

악군성은 암흑십영의 호위를 물리치며 조운학이 무언가를 던진 바닥으로 다가갔다. 그는 허리를 숙여 붉은 돌 부스러기를 손으로 집었다.

"열화석이군."

악군성은 조운학이 방금 던진 게 곰방대의 연초에 불을 붙이는 데 사용하던 열화석이라는 걸 알아차렸다. 이걸 내공을 담아 던지니 부서지면서 연기가 뿜어져 나온 것이다.

"당했군."

그는 암흑십영을 향해 명령했다.

"쫓아라. 그놈은 지금 독에 중독되어 있다. 이런 잔꾀를 부리며 도망친 걸 보면 상태가 심각하다는 걸 알 수 있다. 사로잡는 게 목적이나… 여의치 않으면 죽여도 상관없다. 그리고 나도 뒤따를 테니 변수가 발생하면 바로바로 보고하도록."

"명!"

암흑십영 중 2명을 제외한 나머지 인원들이 일제히 사방으로 몸을 날렸다.

"휴우, 이게 무슨 꼴이란 말인가."

악군성은 한심을 쉬더니 빙후를 향해 말하며 걸음을 옮겼다.

"나를 따라오도록."

그러자 처음으로 빙후가 움직여 그의 뒤를 쪼르르 따라 걸었다. 암흑십영 중 2명이 그런 악군성을 호위하며 움직였다.

※ ※ ※

 암흑십영 중 7명은 사방으로 산개한 뒤 빠르게 조운학의 뒤를 쫓았다. 특히, 암흑십영 중 마영은 분노에 정신이 아찔할 지경이었다. 다름 아닌 독에 중독되어 처참하게 죽은 사영이 마영과 유독 친분이 깊었기 때문이다.
 사영은 상대를 괴롭히며 죽이는 걸 즐겼는데 마영은 괴로움에 몸부림치는 상대의 마지막 숨통을 끊는 걸 즐겼다. 그 때문인지 둘의 마음은 잘 맞았고, 상대를 함께 희롱하며 죽이곤 했다.
 그런데 그런 사영이 참혹하게 죽자 분노를 감출 수가 없었다.
 '반드시 사영의 복수를 하고 말 테다······.'
 마영은 나무 사이를 은밀하게 움직이며 조운학의 흔적을 찾았다.
 이윽고 무언가를 발견한 듯 그의 눈이 번뜩였다. 바닥에 떨어져 있는 핏방울을 발견한 것이다.
 마영은 그 핏방울이 이어진 길을 따라 움직였다.

잠시 후, 그는 조운학을 발견할 수 있었다. 조운학은 동굴 앞에서 한 차례 주변을 살피더니 돌연 한 움큼 핏덩이를 토해냈다. 그의 안색은 창백하기 이를 데 없었다. 이어 조운학은 동굴 속으로 몸을 피했다.

마영은 품속에서 신호탄을 꺼내어 그 자리에 터트렸다. 그러자 퍽 하는 소리와 함께 붉은 연기가 하늘로 솟구쳤다. 곧 다른 암흑십영이 신호를 보고 이곳에 도착할 것이다.

마영의 시선이 동굴로 향했다.

'들어가 봐야 하나……'

동굴 입구가 다른 곳에도 있을 수 있었다. 즉, 동료들이 도착한 후에 동굴 속으로 들어가면 조운학을 놓쳐 버릴 수도 있는 것이다. 하지만 그럼에도 망설여지는 건 사영의 참혹한 죽음 때문이다.

지금 생각하면 사영의 죽음은 참으로 어처구니가 없었다.

그는 평소에도 상대의 몸에 상처를 낸 후 피를 핥아먹곤 했었다. 그때마다 상대는 두려움 어린 표정을 지었고, 사영은 그걸 보며 희열을 느꼈기 때문이다.

한데, 이번에는 하필이면 독이 함유된 피를 먹는 바람에 자신의 목숨이 사라진 것이다.

그렇게 생각하면 생각할수록 사영은 그저 재수가 없었다 뿐이지 조운학이 무서운 건 아니었다. 아니, 지금 조운학은 도망치기에 바빴다.

'련주님의 말씀대로 독에 중독된 게 분명하다. 그럼 나 혼자서도 충분히 상대할 수 있다.'

마영은 두 손을 살짝 흔들었다. 그러자 창! 하는 소리와 함께 발톱 모양의 무기가 튀어나왔다. 그의 독문 무기인 염화묘조였다.

마영은 더 이상 망설이지 않고 동굴 속으로 들어갔다.

동굴 안은 어두웠으나 마영에게는 전혀 장애가 되지 않았다.

"어디로 숨었을까. 잘 숨는 게 좋을 거야. 이걸로 살점을 뭉텅뭉텅 긁어내 버릴 테니까."

마영은 염화묘조를 흔들며 여유롭게 앞으로 걸어 나갔다. 그는 조운학이 동굴 안쪽으로 꽁지가 빠져라 도망치고 있으리라 생각했다. 하지만 마영의 생각은 틀렸다. 동굴 벽에 등을 기댄 채 조운학이 기다리고 있었던 것이다.

마영은 순간 의외라는 표정을 지었으나 금세 웃으며 말했다.

"흐흐, 이걸 어쩌나? 동굴 안쪽이 막혔나 보군."

조운학은 피식 웃으며 툭 내뱉었다.

"그걸 네가 어떻게 알아. 들어가 보지도 않았는데."

"뭐야?"

"지금 몸 상태가 엉망이지만 말이야. 저 안쪽까지 갔다 올

정도는 돼. 저 안쪽이 궁금하다고? 뻥 뚫려 있어."

"그럼 왜 도망치지 않는 것이냐?"

 조운학은 검 끝을 마영에게 향하며 한심하다는 듯이 말했다.

"이놈 바보 아냐? 왜겠어. 너를 없애기 위해서 기다린 거지."

 문득 마영의 표정이 묘하게 변했다.

"그 검, 사영의 것이군."

"바보지만 눈치는 빠르군. 맞아. 이미 죽은 놈한테 무슨 무기가 필요하겠어. 이제 이 검이 네 몸을 벨 거야. 재밌지? 친우의 검에 베어진다는 게 말이야."

"네놈이 할 수 있을까?"

"그 늙은이가 말이야, 분명히 너한테 경고했을 거야. 절대 방심하지 말고 함께 다니라고 말이야. 그렇지?"

"……."

 마영은 정곡을 찔린 듯한 표정을 지었다.

"그런데도 너는 내가 계속 도망치니 어느새 그 늙은이의 말을 잊었을 거고. 나 같은 건 살살 괴롭히다가도 언제든지 죽일 수 있는 하찮은 존재라고 생각했겠지. 그래서 이 동굴로 혼자 들어왔고 말이야."

"재밌군. 지금 네놈이 일부러 나를 이곳으로 유인했다고 말하는 것이냐?"

"정답이야."

"흐흐… 흐흐흐흐……."

돌연 마영의 입에서 스산한 웃음이 흘러나왔다. 이어 그 웃음이 뚝 그치더니 그는 염화묘조로 입술을 핥았다.

"재미있군. 너는 아주 재미있는 놈이야."

"너 입에서 피 난다."

"흐흐흐……."

"너 지금 하는 짓을 보니 말이야, 아까 바보같이 죽은 놈하고 비슷해 보이는데, 혹시 친구냐?"

"……."

"친구가 맞나 보군. 역시 병신은 끼리끼리 논다고 내 장담하는데, 너도 그놈처럼 비명을 지르며 죽을 거야. 알겠어?"

"먼저 그 입을 이걸로 찢어 주마."

"지랄, 그만 지껄이고 덤벼."

"이놈!"

마영은 앞으로 쇄도했다.

조운학의 검에서 검광이 번뜩였다. 서로의 숨소리를 느낄 수 있을 정도로 가깝게 다가갔을 때, 그의 검은 어느새 마영의 미간에 닿아 있었다.

마영은 재빨리 허리를 숙여 조운학의 공격을 흘렸다. 그리고 조운학의 상체를 향해 염화묘조를 휘둘렀다. 조운학은 상체를 비틀어 아슬아슬하게 피했다.

그때부터 시작되었다.

마영의 손에 장착된 염화묘조가 조운학을 향해 폭풍우처럼 휘몰아치기 시작했다. 허공에서는 붉은 광채가 가득 피어올랐다.

조운학은 그 붉은 광채에서 느껴지는 날카로운 예기에 부딪치지 않고 계속 피하기만 했다.

"죽어라!"

염화묘조에서 보기만 해도 섬뜩한 붉은 광채가 너울거렸다. 조운학의 검에서 우우웅! 하는 검명이 울렸다.

그와 함께 검에서 눈부시도록 맑은 백광이 마영을 향해 폭발했다. 그것은 마영의 염화묘조에서 너울거리던 붉은 광채가 조운학을 향해 쏘아진 것과 같은 시간이었다.

곧이어 홍백의 광채가 서로 충돌했다.

콰콰쾅!

격돌의 여파는 엄청났다. 주위에 흙과 돌들이 치솟았다.

조운학은 주르르 뒤로 미끄러지듯이 물러났으나, 이내 신형을 바로잡았다. 그리고 재빨리 앞으로 쏘아 나갔다.

미영은 금방이라도 쓰러질 듯이 비틀거리고 있었다. 조운학의 검은 그런 마영의 가슴을 노렸다. 일순 마영의 신형이 흐릿해지더니 꺼지듯이 사라져 버렸다. 순간 조운학은 다리로 동굴 바닥에 나뒹굴고 있던 돌을 찼다.

슈아아악!

그 돌은 엄청난 기세로 막 조운학과 사 장 정도 떨어진 거리에 나타난 마영을 덮쳤다.

마영은 크게 놀라며 재빨리 상체를 숙였다. 돌은 아슬아슬하게 그를 비껴 지나갔다.

바로 그 순간이었다.

마영의 정면에서 환상처럼 한 줄기 검광이 나타나더니 날벼락처럼 허공을 번쩍 갈랐다.

조운학의 진재절학 중 하나인 천뇌일식이 펼쳐진 것이다.

푸하학!

마영의 가슴팍에서 피 분수가 뿜어졌다. 비칠거리던 그의 왼손에 끼어진 염화묘조에서 붉은 섬광이 폭발한 것도 바로 그때였다.

마영이 염화묘조를 통해 펼칠 수 있는 지법인 염화열화지가 펼쳐진 것이다. 조운학은 날벼락처럼 검을 휘둘러 그 붉은 섬광에 맞부딪쳐 갔다. 이윽고 붉은 섬광과 그의 검이 충돌했다.

순간 조운학은 마치 철벽을 친 듯한 충격을 받았다. 하지만 검을 기묘하게 움직여 붉은 섬광을 쳐 내고서는 연이어 한 줄기 광채를 폭사시키며 마영의 왼쪽 어깨를 강타했다.

쾅!

"크으윽……."

고통 어린 신음과 함께 마영의 신형이 뒤로 날아갔다. 그리고 동굴 벽에 거세게 등을 부딪치고 나서야 멈출 수 있었다. 동굴 천장에서 흙먼지들이 쏟아져 내려 마영의 전신을 가렸다.

조운학은 아직 흙먼지가 가라앉지 않아 확실히 보이지 않았지만, 마영이 더 이상 움직이지 않자 검을 빙글빙글 돌리며 말했다.

"이상하네? 왜 아까부터 흐흐거리는 웃음소리가 들리지 않는 걸까."

조운학은 조롱과 함께 검을 휘둘렀다. 그러자 서너 줄기의 검기가 쏘아져 나가 동굴 천장에 직격했다.

콰쾅! 우르르르…

동굴이 무너지고 입구가 막혀 버렸다. 그럼에도 조운학은 여유롭기만 했다.

"이거 어쩌나. 도망칠 곳이 막혀 버렸네."

"이놈……."

짙은 흙먼지 속에서 두 줄기 안광이 번뜩였다. 마영이 몸이 서서히 윤곽을 드러냈다. 이미 나타난 마영은 여유롭던 모습을 잃은 지 오래였다. 가슴팍과 왼쪽 어깨에서는 피가 흘러내리고 있었다.

그는 지금에서야 깨달았다. 악군성이 왜 그토록 조운학에 대해 신신당부를 했는지 말이다. 분명 독에 중독되어 있는 상태인데도 자신을 압도하고 있었다.

그래서 조금 전에 기회를 틈타 도망치려고 했었다. 하지만 조운학이 동굴을 무너뜨려 입구를 막는 바람에 그것도 불가능해졌다.

마영은 거친 숨을 내뱉었다. 조금 전의 공격으로 가슴과 어깨가 끊어지는 듯한 통증이 덮쳤다.

그는 모든 힘을 끌어 올렸다. 곧 마영의 두 눈에서 광기가 번들거렸다.

"이제부터가 시작이다."

그런 마영을 바라보며 조운학은 검을 앞으로 한 채 피식 실소를 흘렸다.

"도망치려고 한 주제에 시작은 개뿔. 네 낯짝 보는 것도 이제 지겨우니 슬슬 끝내자."

조운학의 검에서 눈부신 백광이 일어났다. 그리고 이내 그것이 응축되는가 싶더니 또르르 검 끝에 맺혔다. 검 끝에는 눈부신 광채의 새하얀 매화가 한 송이 형성되었다. 아니, 형성되었다 싶은 순간 그것은 가공할 속도로 허공을 일직선으로 갈랐다.

"큭!"

마영은 급히 염화묘조를 뻗었다. 그러자 붉은 섬광이 폭사했다.

매화와 붉은 섬광이 허공에서 충돌했다. 순간, 쾅! 하는 굉음과 함께 두 개의 힘은 서로 소멸하고 말았다.

그러자 이번에는 두 송이의 매화가 쏘아 나갔다. 마영의 표정에 긴장감이 어렸다. 그는 몸을 솟구쳐 동굴 천장에 박쥐처럼 달라붙었다. 하지만 조운학의 검이 살짝 움직이자 두 송이의 매화는 위로 솟구쳤다.

마영은 두 다리를 천장에 붙인 채 염화묘조를 꼿꼿이 세웠다. 그러자 붉은 기류가 독사가 똬리를 트는 듯이 피어오르더니 염화묘조에 어렸다.

염화묘조가 덮쳐드는 두 송이의 매화를 향해 번쩍 허공을 갈랐다. 두 송이의 매화는 반듯하게 갈라지더니 이내 소멸해 버렸다. 그러자 이번에는 세 송이의 매화가 무시무시한 속도로 쏘아 왔다.

"무슨……"

마영은 질끈 입술을 깨물었다. 그렇지 않아도 부상으로 인해 몸 상태가 엉망이었다. 그런 상태에서 계속 내공을 극한까지 일으키니 슬슬 한계가 다가오고 있었다. 재빨리 천장을 박차고 나와 다시 바닥에 내려섰다. 세 송이의 매화는 살아 있는 듯이 방향을 꺾었다.

마영은 어쩔 수 없이 붉은 기류에 어린 염화묘조를 다시 휘둘러야 했다. 이번에도 두 송이의 매화는 갈랐으나 나머지 한 송이의 매화는 그대로 폭발해 버렸다.

콰앙!

그 반발력과 충격에 마영의 신형이 뒤로 훌훌 날아갔다.

그런 그를 향해 어느새 쏘아져 온 두 송이의 매화가 거의 지척까지 덮쳐들었다. 마영은 도저히 피할 수 없어 염화묘조를 뻗어 그걸 잡아 버렸다.

콰쾅!

무시무시한 폭발음과 함께 붉은 기류가 흩어지고 염화묘조가 산산이 부서졌다. 마영의 양손은 피범벅으로 변해 버렸다. 원래라면 양팔이 송두리째 날아갈 만큼의 위력이었다. 하지만 그게 끝이 아니었다. 마지막으로 날아온 건 조운학이 쥐고 있던 검이었다.

그 빠름은 무시무시했고 거기엔 엄청난 힘이 담겨 있었다.

"크윽……."

마영은 갑자기 시야에 파고드는 검과 그 상상을 초월하는 빠름에 재빨리 좌측으로 몸을 던졌다. 보법이고 뭐고 없었다. 그건 생애 처음으로 느껴 보는 빠름이었고, 공포였다.

하지만 검은 여지없이 그의 가슴팍을 꿰뚫어 버렸다. 그럼에도 기세가 사라지지 않아 마영의 몸과 함께 뒤로 날아가더니 동굴 벽에 쾅 하고 파고들었다.

"커억!"

마영의 입에서 핏덩이가 뿜어져 나왔다. 그는 피에 젖은 손으로 검을 움켜잡았다. 그리고 뽑으려는 듯이 힘을 줬지만 요지부동이었다.

조운학이 다가와 말했다.

"또 흐흐거리며 웃어 보지 그래."

"흐… 흐… 크헉!"

마영은 억지로 웃다 비명성을 터트렸다. 조운학이 가슴팍에 박혀 있는 검을 쑥 뽑아 버렸기 때문이다.

"겨우 그 정도… 쿨럭!"

그때 다시 조롱하려던 조운학의 입에서 한 움큼 응혈이 뿜어져 나왔다. 제어하고 있던 독이 다시 움직이기 시작한 것이다.

"우웨엑!"

조운학은 무릎을 꿇은 채 연신 핏덩이를 토해 냈다. 그건 마영도 마찬가지였다.

"크허억!"

그의 입에서도 계속해서 핏덩이가 뿜어져 나왔다. 이윽고 두 사람은 서로 머리를 맞댄 채 내기라도 한 듯이 핏덩이를 뿜어냈다.

조금 전까지만 해도 서로를 죽이기 위해 혈전을 벌였다. 한데, 지금은 사이좋게 피를 토하고 있으니 그 모습이 참으로 기이했다.

마영은 아쉽다는 듯이 웃음을 흘렸다.

"흐흐… 그분의 말씀을 따랐다면… 계속 너를 사냥할 수 있었는데……."

그는 진심으로 아쉬웠다. 조운학이 도망치고 독에 중독되어 피를 토하는 모습에 방심한 건 사실이었다. 악군성이 절대지경에 오른 고수라고 경고했음에도 전혀 그렇게 보이지 않았기 때문이다. 더욱이 열화석을 독탄처럼 보이게 하면서까지 도망치는 모습이 자신이 보기에도 참으로 치사했던 터라 더욱 방심하게 된 것이다.

그러나 정면으로 부딪쳐 보니 조운학의 무위는 자신과는 차원이 달랐다.

여태까지 도망친 건 자신들을 속이기 위해서라고 생각했으나 지금 피를 토하는 걸 보니 그의 몸 상태가 정상이 아니라는 것도 알 수 있었다.

그럼에도 자신은 전혀 상대가 되지 못했다. 즉, 자신이 만용만 부리지 않았다면 이런 절대고수를 사냥하듯이 잡아 죽일 수 있었다는 것이다.

"정말로… 아쉽군… 흐흐……."

조운학은 사력을 다해 독기를 제어한 후 입가의 피를 손등으로 닦으며 대꾸했다.

"지랄… 나 조운학이 너 같은 놈한테… 사냥당할 거 같아?"

"흐… 동료들이… 결코… 가만두지……."

조운학은 한 차례 심호흡을 한 후 말했다.

"그렇다고 뭘, 그걸 또 동료들한테 맡기고 그래."

"무슨……."

"나 지금 여기서 널 안 죽일 건데."

"……."

생각지도 못한 말에 마영의 눈이 커졌다. 조운학은 검을 휘둘러 검신에 묻은 피를 털어 내더니 문득 깜빡했다는 듯이 말했다.

"아, 맞다. 이 검에 독이 묻어 있었지."

"……."

마영의 눈빛이 파르르 떨렸다. 사영이 저 검에 묻은 조운학의 피를 핥아먹는 바람에 독에 중독되어 죽어 버렸지 않은가. 그것도 너무도 참혹한 모습으로 말이다.

마영은 자신도 그렇게 죽는다고 생각하니 절로 오한이 어렸다. 차라리 이대로 자진해 버릴까 하는 생각마저 들 정도였다.

하지만 조운학은 다시 무언가를 깨달았다는 듯이 입을 열었다.

"그러고 보니 그 독에 나도 당할까 봐 아까 깨끗하게 닦았지."

"이놈!"

"왜, 겁났어? 무서웠어?"

마영의 표정이 종잇장처럼 일그러졌다.

"이대로 너를 죽이면 오히려 편하게 만드는 거잖아. 그러니 고통에 몸부림치면서 혼자 쓸쓸히 죽으라고."

"후회… 할 거다……."

"입구가 막혔는데 그놈들이 너를 발견할 리가 없잖아. 그리고 만에 하나 발견한다면… 그건 또 그것대로 괜찮겠지."

"이해할… 수가 없군……."

"걱정 마. 나중에 알 수 있을 테니."

조운학은 그 말을 툭 던져 놓고는 동굴 안으로 걸음을 옮겼다.

"흐흐… 나를 살려 둔 걸… 반드시 후회하도록… 해 줄 테다……."

마영은 악의에 가득 찬 말을 내뱉었지만 조운학은 듣지 못한 듯 어둠 속으로 사라졌다.

"흐흐… 흐흐……."

마영은 피범벅이 된 손을 품속에 넣었다. 그러고는 두 개의 단환을 꺼내더니 한 개를 급히 삼켰다. 이어 남은 한 개의 단환은 으깨어 상처에 뿌렸다. 그러자 상처를 통해 무시무시한 고통이 덮쳤지만 이를 악물며 참았다. 가슴팍을 꿰뚫은 검이 실로 절묘하게 급소들을 비켜나 있었기 때문에 살 수 있었다.

"반드시… 후회하도록 만들어 주마……."

마영은 동료들이 자신을 찾으리라고 확신하고 있었다. 신호탄을 터트린 것도 있지만 암흑십영은 사냥을 나가기 전에 각자의 몸에 만리추 향을 뿌려 놓는다. 흩어지게 되면 그 냄

새로 각자의 위치를 파악하고, 위험에 빠졌을 때 도움을 주곤 했다.

그렇기에 마영은 버티기만 하면 자신이 이기는 거라 확신하고 있었다.

"흐흐… 사냥은… 아직 끝나지 않았다……."

한 마리 맹수는 복수를 위해 잠시 몸을 웅크리기로 했다.

그때 문득 마영은 한 줄기 햇빛도 들어오지 않는 깊은 동굴 속임에도 주변이 환하다는 걸 알아차렸다. 주변을 두리번거리다 곧 무언가를 발견한 그는 키득거리며 웃었다.

"멍청한 놈… 저런 보물을 떨어뜨리고 가다니……."

마령은 조운학의 부주의함을 비웃었다.

제5장
그놈하고 엮이면 제대로 되는 일이 하나도 없다

"쿨럭, 쿨럭……."

조운학의 입에서 기침과 함께 선혈이 뿜어져 나왔다. 숨을 쉴 때마다 극심한 통증이 느껴졌다. 간신히 제어했다고 생각한 독이 다시 요동치고 있었다.

극심한 피로 때문인지 잠이 몰려왔다. 그 잠을 뿌리치려고 눈을 깜빡이려고 해도 눈꺼풀이 천근만근 무거워 움직일 수가 없었다.

하지만 이대로 쓰러질 수 없었다.

조운학은 사력을 다해 몸을 움직였다.

그렇게 동굴 안으로 수십 장을 걸어간 후에야 그 자리에 털썩 주저앉았다.

현현진결을 일으켰다. 그건 참으로 미약한 힘이었다. 확실히 독을 제어하면서 억지로 무공을 펼친 결과는 좋지 않았다.

만약 천황기가 독을 감싸고 있지 않았다면 심장으로 침투했을 것이다. 아니, 독은 지금 심장가까이 침투해 있었다.

조운학은 먼저 현현진결을 일으켜 독을 감싸고 있는 천황기에 힘을 보탰다. 그리고 심장 가까이 침투했던 독을 억지로 떼어 냈다.

그럴 때마다 극심한 고통이 덮쳤다. 이를 악물며 참았으나 땀이 비 오듯 흘러내렸다.

그러길 무려 반 시진, 간신히 독을 심장 부근에서 떨어지게 할 수 있었다. 이 독을 몸 밖으로 배출하기 위해서는 많은 시간이 필요했다. 하지만 문제는 지금 그럴 시간이 없다는 것이다.

그렇기 때문에 지금 조운학은 독을 배출하는 것이 아니라 더 이상 움직이지 못하게 잡아 두려고 했다.

어느 정도 독을 제어한 뒤에는 엉켜 있는 기혈을 조금이라도 풀기 위해 현현진결을 움직였다.

힘을 움직이려 하자 격렬한 고통이 덮쳐 왔다. 이리저리 엉켜 있는 기혈은 독에 의해 더욱 엉망이 되어 버린지라 조금이라도 힘이 움직이려 하면 끔찍한 고통을 야기했다.

하지만 이를 악물며 참았다. 그러면서 상단전 부근에 조용히 자리 잡고 있는 멸진백옥장의 힘을 어루만졌다. 그러자 천룡지기도 함께 꿈틀거리는 게 느껴졌다.

조운학은 이 두 개의 힘도 독을 제어하는 데 보태면 보다 쉽게 원하던 바를 얻을 수 있다는 걸 알고 있었다. 내상을 입기 전과 비교하면 십 중 삼 정도로 줄어든 힘이었으나 큰 도움이 될 것이다.

그럼에도 아껴 두는 건 다른 계획이 있기 때문이다.

조운학은 천황기가 독을 제어하자 현현진결의 힘을 멸진백옥장을 이끄는 데 사용했다.

멸진백옥장의 힘이 천천히 움직였다. 그 뒤를 천룡지기가 따랐다.

그는 그 힘을 오른쪽 팔로 이끌었다. 그와 동시에 엄청난 고통이 덮쳐 와 머릿속이 하얗게 변했다. 독으로 엉망이 된 기혈을 바로잡으며 움직이고 있기 때문이다.

조운학은 우선 단전과 오른쪽 팔로 이어지는 기혈을 뚫는 데 전념했다.

그렇게 얼마의 시간이 흘렀을까. 조운학은 문득 몸이 흔들림을 느꼈다. 그의 두 눈이 떠였나.

"왔군, 왔어."

조운학은 이 흔들림이 아까 마영과의 싸움에서 무너뜨린 입구가 뚫렸기 때문이란 걸 알 수 있었다. 그는 품속에서 새하얀 비수 한 자루를 꺼냈다.

그놈하고 엮이면 제대로 되는 일이 하나도 없다 • 147

"아까워라……."

 조운학은 입맛이 썼다. 지금 그의 손에 쥐어진 비수는 천강신문의 보물 중 하나인 관음곤옥비였다. 조운학은 단 한 번만 사용할 수 있는 이 비수의 효능을 지금 사용하려고 하는 것이다.

 그는 바닥에서 일어났다. 조운학은 이런 몸 상태로는 계속 도망치지 못하리라는 걸 알고 있었다.

 상대는 한때 마도련이라는 거대 단체를 이끌었던 악군성. 지금은 련주 자리에서 쫓겨났지만 그 집요한 성격마저 사라지는 건 아니었다. 마도련에서 도망쳐 복수를 위해 자신을 찾아온 것을 보면 알 수 있지 않은가.

 악군성은 자신이 죽기 전까지는 결코 추적을 멈추지 않을 것이다.

 또한, 무공이 봉인되었음에도 이렇게 모습을 드러낸 건 그만큼 자신이 있기 때문이다. 직접 손을 섞어 봤기에 자신의 무위는 절대지경에 올라 있다는 걸 누구보다 알고 있는 악군성이 아니던가.

 그렇기에 이런 조운학을 제압할 자신이 없다면 결코 모습을 드러내지 않았을 것이다.

 조운학은 그것이 암흑십영이라고는 생각지 않았다. 그들 한 명, 한 명의 무위가 대단했으나 절대지경의 무인을 제압하는 건 불가능했다.

조운학은 문득 악군성의 곁에서 조용히 서 있던 빙후를 떠올렸다. 분명 악군성이 믿는 건 빙후가 분명했다. 하지만 조운학은 아직 그녀에 대해 아무것도 알지 못했다.

이상한 건 분명 무인임에도 어떠한 기세도 느낄 수가 없다는 것이다. 마치 모든 게 텅 비어 있는 인형을 보는 것만 같았다.

'뭐, 그건 나중에 생각할 문제고, 지금은 이 한 방에 모든 걸 걸어야 한다는 거야.'

조운학이 마영을 일부러 동굴 속으로 유인한 것도 이 때문이다. 적들을 한 번에 일망타진하기 위해서였다. 그걸 위해서는 좁은 곳에 몰아넣을 필요가 있었다. 그 때문에 마영을 살려 준 것이며 아무리 위급한 상황에서도 멸진백옥장의 힘을 아끼고 있었던 것이다.

"그놈들… 몸에 이상한 거 묻히면 모를 줄 알아? 내가 또 한 개코 하거든."

그는 이미 암흑십영의 몸에 추적 향 같은 게 묻어 있다는 걸 파악하고 있었던 것이다.

"좋아, 시삭해 볼까."

조운학은 관음곤옥비에 먼저 현현진결의 힘을 밀어 넣었다. 이어 멸진백옥장의 힘이 쏟아져 들어갔다. 마지막으로 천룡지기의 힘마저 들어가자 관음곤옥비에서 시리도록 새하얀 광채가 뿜어져 나왔다.

그건 어느새 관음곤옥비와 조운학의 전신을 뒤덮어 버렸다. 그와 함께 관음곤옥비가 우웅! 진동하기 시작했다. 검은 격렬하게 진동하더니 회전을 일으켰다.

조운학의 뇌리에 떠오른 건 현현진결의 요체였다.

-움직이지 않는 움직임과 움직임 속의 부동(不動)을 숙고하라. 그러면 운동의 상태와 휴식의 상태가 모두 사라진다.

하나 된 마음을 위해 도와 조화를 이루면 모든 자아 중심적인 투쟁이 그친다.

의심과 망설임이 사라지면 참된 믿음의 삶이 가능하다.

단번에 우리는 속박으로부터 자유롭다. 아무것도 우리에게 매달리지 않고, 우리 또한 아무것도 붙잡지 않는다.

모든 것이 텅 비고, 맑고, 스스로 빛나니, 마음 쓸 데가 없도다.

여기에 사고나 감정, 지식이나 상상이 아무 쓸모가 없구나.

조운학의 양손이 관음곤옥비를 감싸 안는 듯한 모습을 취했다. 그 중심에 있던 관음곤옥비는 휘우우웅! 하는 소리와 함께 태풍처럼 회전했다.

관음곤옥비의 회전은 상상을 초월할 정도로 빨랐다. 어마어마한 힘이 그곳에 응집되어 있는 것이다. 조금이라도 정신을 놓으면 놓쳐 버릴 정도로 요동쳤다.

그러다 갑자기 조운학의 입에서 피가 꾸역꾸역 흘러나왔다.

그는 지금 모든 힘을 끌어모으고 있었다. 그 탓에 천황기로 제어하고 있던 독이 다시 움직이기 시작한 것이다. 하지만 신경 쓰지 않고 정신을 집중했다.

그때 조운학의 심유한 눈빛에 한 가닥 빛이 보였다. 참으로 먼 곳이지만 빛은 환했다. 그가 목표로 하는 게 바로 저 빛이었다.

"잘 보이는구나."

이윽고 조운학은 관음곤옥비를 떨쳤다. 아니, 자유롭게 움직이도록 가만히 놓아줬다.

그에 새하얀 벼락이 앞으로 나아갔다. 그 빠름은 무시무시했고 거기엔 미증유의 거력이 담겨 있었다.

❋ ❋ ❋

암흑십영 중 수장이라고 할 수 있는 천영은 간신히 숨만 붙어 있는 마영을 보며 혀를 찼다.

"한심한……."

"흐흐… 어서 좀… 살려 주시오……."

마영은 이제 살았다는 듯이 안도감이 어린 웃음을 흘렸다. 그러자 음영이 마영에게 다가가 상처를 살폈다.

그놈하고 엮이면 제대로 되는 일이 하나도 없다 • 151

그때 마지막으로 악군성이 들어서더니 의아한 표정으로 물었다.

"마영이 살아 있다고?"

"예."

천영의 대답에 악군성의 시선이 마영에게 향했다. 참혹한 모습이었지만 확실히 숨은 붙어 있었다.

마영은 억지로 웃음을 지었다.

"흐흐… 죄송합니다……. 그만 당하고 말았습니다……."

"그놈이 한 짓이더냐?"

"예……."

"그런데 네놈을 살려 주고 갔다고?"

"……."

"왜?"

악군성은 자신도 모르게 물었다. 아니, 그는 이해할 수가 없었다. 그 조운학이 자신의 목숨을 노리는 적을 살려 줄 리가 없지 않은가.

'분명 무슨 꿍꿍이가…….'

그때 마영을 치료하던 음영이 무언가를 발견했다. 그건 환한 빛을 뿌리고 있는 구슬이었다.

"이건……."

음영이 그걸 집자 마영이 키득거렸다.

"야광주입니다……. 그놈이 급히 도망치느라… 실수로 떨어뜨리고 간 겁니다."

"이런 귀한 걸……. 멍청한 놈이군."

"그러게 말입니다."

암흑십영은 뜻하지 않게 보물을 얻자 희희낙락거리며 조운학을 조롱했다.

하지만 유독 악군성의 안색은 돌처럼 딱딱하게 굳어 있었다.

그때였다.

우르르릉!

동굴이 지진이 난 것처럼 요동쳤다. 그와 함께 동굴 안쪽에서 새하얀 빛이 가공할 속도로 다가오고 있었다.

그건 그야말로 눈 깜짝할 사이에 덮쳐들었고, 가장 먼저 야광주를 들고 있는 음영의 몸이 거기에 휩쓸리더니 전신이 갈가리 찢겨 버렸다. 동시에 지척에 있던 마영도 가공할 흡입력에 휘말려 들어갔다.

마영은 온몸이 찢기는 그 찰나지간에 알 수 있었다. 이 모든 게 조운학 때문이라는 것을 말이다. 또한, 자신을 살려둔 것도 바로 이걸 노렸기 때문이라는 것도 깨달았다. 야광주도 일부러 떨어뜨린 것이 분명했다.

한 마디로 자신은 처음부터 끝까지 조운학의 의도대로 인형처럼 움직인 것에 불과했던 것이다.

그의 입에서 분노에 가득 찬 외침이 터져 나왔다.

"조운학! 크아아악!"

마영은 결국 조운학의 말대로 비명성을 터트렸다. 그의 몸이 붉은 피를 흩날리며 사라졌다.

이제 새하얀 벼락은 정확히 악군성을 향해 덮쳐들고 있었다.

"막아!"

천영의 외침에 암영과 사영이 움직였다.

하지만 둘은 새하얀 벼락에 닿자마자 그 기세에 휩쓸려 그대로 몸이 터져 버렸다. 그걸 본 암흑십영 중 한 명인 검영은 본능적으로 몸을 비틀었으나 한쪽 팔이 휩쓸려 날아갔다.

"크아아악!"

"련주님!"

천영이 악군성의 앞을 막았다. 그의 전신에서 검은 기류가 폭발했다. 새하얀 벼락과 검은 기류가 정면으로 격돌했다. 하지만 새하얀 벼락은 검은 기류를 단숨에 파훼시켜 버렸다.

천영의 눈이 부릅떠졌고 새하얀 벼락은 여지없이 그의 가슴팍을 꿰뚫었다. 그의 가슴팍에서 붉은 피가 분수처럼 치솟았다.

천영의 신형이 새하얀 벼락의 기세에 휩쓸려 아무렇게나 내동댕이쳐졌다. 가슴이 송두리째 뜯겨 나가는 듯한 엄청난 고통과 함께 그는 입술을 달싹거리다 그대로 절명했다.

삽시간에 여럿의 목숨을 취한 새하얀 벼락은 처음의 기세보다는 약해졌지만 여전히 무시무시했다.

새하얀 벼락은 순식간에 악군성의 바로 지척까지 덮쳐들었다.

하나, 그는 당황하지 않았다. 차가운 표정으로 짤막하게 외쳤다.

"나를 지켜라."

그 순간, 빙후가 움직였다.

새하얀 벼락이 막 악군성의 가슴팍에 닿을 무렵, 빙후의 한쪽 손바닥이 불쑥 튀어나왔다. 손바닥이 활짝 펼쳐지니 어느새 자그마한 구체가 어려 있었다.

그건 빙정이었다.

새하얀 벼락과 빙정이 그대로 충돌했다.

쿠우우웅~!

순간 빙후가 디디고 있던 바닥이 쩌쩍 갈라졌고 무시무시한 한기가 사방으로 휘몰아쳤다. 동굴 벽에 서리가 얼 정도의 한기였다. 이어 빙정이 파삭 부서지는가 싶더니 새하얀 벼락을 빠르게 감싸 안아 갔다.

그 때문에 새하얀 벼락의 기세가 빠르게 줄어들었고 잠시 후, 본래의 모습을 드러냈다.

그것은 하나의 새하얀 비수였다.

"이게 대체……."

암흑십영 중 한 명인 불영은 경악을 감추지 못했다.

대체 이게 무슨 일이란 말인가. 난데없는 공격으로 인해 암흑십영 중 5명이 죽음을 당했다. 순식간에 반이 사라진 것이다. 그나마 자신을 비롯해 몇 명이 무사한 건 면사 여인의 뒤에 있었기 때문이다.

무엇보다 아픈 건 암흑십영의 수좌인 천영이 허무하게 죽었다는 거였다.

불영이 아직도 얼이 빠져 있는 나머지 암흑십영에게 명령을 내렸다.

"련주님을 보호하라."

암흑십영의 수좌인 천영이 죽은 이상 남은 이들을 지휘할 수 있는 건 서열 2위인 불영이었다. 그렇기에 나머지 암흑십영은 재빨리 악군성을 에워쌌다.

"쯧쯧, 한심한 것들. 비켜라."

악군성이 혀를 차며 그런 암흑십영을 물리쳤다. 그는 바닥에 떨어진 비수를 집으며 한 차례 주위를 둘러봤다.

"이런 하찮은 함정에 걸리다니……."

악군성은 이런 스스로가 한심하다는 듯이 탄식했다. 바로 그때였다. 그의 손에 쥐어진 비수가 우웅 하는 소리와 함께 물가에 나온 물고기처럼 파르르 떨리기 시작했다.

"무슨……."

"련주님!"

 악군성이 놀랄 때 암흑십영 중 도영이 급히 비수를 빼앗았다.

 그 순간 눈부신 섬광과 함께 비수는 그대로 쾅! 하는 소리와 함께 폭발해 버렸다.

 빛의 파편들이 사방으로 쏟아져 나갔다. 도영을 비롯한 암흑십영 중 2명이 거기에 휩쓸려 온몸에서 피를 뿌리며 쓰러졌다. 불영과 빙영은 간신히 피했으나 각자 부상을 입었다.

 악군성도 마찬가지였다. 빛의 파편 중 단 한 개가 그의 오른쪽 어깨를 꿰뚫었던 것이다.

 도영이 그가 쥐고 있던 비수를 빼앗아 가면서 빛의 파편을 뒤집어썼으나 일부분이 덮쳐들었다.

 그러자 빙후가 움직여 빛의 파편 중 대부분을 쳐 냈으나 한 조각을 놓쳐 버린 것이다. 바로 지척에서 터졌음에도 고작 그 정도 부상에 그친 건 기적에 가까웠다.

 악군성은 오른쪽 어깨에서 흘러나오는 피를 손으로 막았다. 지금 그의 얼굴에는 경악, 분노, 거기에 짙은 회한까지, 뭐라 말할 수 없이 미묘한 표정들이 떠올라 있었다. 종내에는 깊은 탄식을 터뜨리는가 싶더니 웃음을 터트렸다.

 "내가… 이 내가……. 허허, 허허……."

 그 웃음소리는 처음에는 미약했으나 점점 커졌다.

 "허허, 허허… 우하하하하!"

곧 그 웃음소리는 광소로 변했다.

"려, 련주님······."

불영이 그런 악군성을 바라보다 돌연 헉 하고 헛바람을 삼켰다. 악군성의 두 눈에서 섬뜩한 광기가 뿜어져 나왔기 때문이다.

순간 등줄기가 서늘해지는 듯한 공포와 함께 몸을 임직일 수가 없었다. 마치 이 세상에 존재하여서는 안 되는 것을 본 것 같은 두려움. 자신의 모든 것이 그 광기 어린 눈동자에 빨려 들어가 한 줌의 먼지로 화할 거 같았다.

그러나 그 모든 건 어느 순간 거짓말처럼 사라져 버렸다.

악군성은 허탈한 표정으로 서 있었다. 그는 자신이 방심하고 있었다는 걸 인정했다.

지금까지 조운학에게 몇 번이나 당했던가. 그중에서는 평생에 걸쳐 이루고자 했던 일까지 조운학 때문에 무산되어 버린 뼈아픈 기억도 있었다.

그래서 조운학에 대해서만은 악군성도 더 이상은 방심하지 않으리라 다짐하고 있었다. 그 때문에 빙후와 함께 암흑 십영까지 대동했던 것이다.

하지만 정작 조운학을 대면하니 어딘가에서 큰 부상을 입고 있었다. 나중에는 독에도 중독되어 있다는 걸 알 수 있었다. 그래서인지 자신에게서 도망치기에 바빴다.

그로 인해 악군성은 자신도 모르게 방심하고 있었던 것이다. 예전의 자신이었다면 결코 동굴 안으로 들어가지도 않았을 것이다.

하나, 계속해서 도망치던 조운학이 수작을 부려 봤자 얼마나 대단하겠냐며 안이하게 생각했었다. 오히려 조운학이 무슨 수작을 부리든 가볍게 파훼한 뒤 절망하는 표정을 보고 싶었다.

그러나 그런 방심이 화를 불렀던 것이다. 자신은 부상을 입었고 암흑십영 중 7명이 한순간에 사라져 버렸다. 만약 빙후가 없었다면 자신도 당하고 말았을 것이다.

악군성이 가장 허를 찔린 건 바로 비수였다. 그 비수가 설마 시간을 두고 폭발하는 암기일 거라고는 전혀 생각지 못했기 때문이다.

그것도 모르고 태연하게 집어 들었으니 새삼 얼마나 자신이 방심하고 있었는지 알 수 있었다.

그때, 살아남은 암흑십영 중 빙영이 악군성의 상처를 치료하기 위해 다가왔다. 하나, 악군성이 그런 그녀를 물리치며 말했다.

"쫓아라."

불영과 빙영의 시선이 슬쩍 부딪쳤다. 악군성은 두 사람이 두려워하고 있다는 걸 알아차렸다.

"그놈의 중독은 심각하다. 그렇기에 이런 곳에 우리를 몰아 한 번에 처리하려고 한 것이다. 몸이 정상이었다면 벌써 나타나 우리를 공격했겠지. 지금쯤 억지로 몸을 이끌고 도망치고 있을 것이다."

"존명."

불영과 빙영은 한 차례 허리를 숙인 채 신형을 동굴 안쪽으로 날렸다.

악군성의 시선이 빙후에게 향했다.

"휴우……."

그의 입에서 절로 한숨이 흘러나왔다.

만년빙관 속에서 죽어 있는 그녀를 강시로 다시 일깨웠을 때만 해도 천하를 얻은 것만 같았다. 더욱이 절대고수인 단야도 어렵지 않게 물리치는 걸 보고는 사부이자 신화경에 오른 노백도 상대할 수 있으리라 자신했다. 하지만 문제는 생각지도 못한 곳에서 발견되었다.

빙후는 천마인을 능가하는 강시이며 수백 년간 만년빙관 속에서 빙정을 흡수했기에 지닌바 힘은 경이로울 정도로 엄청났다.

그러나 그에 반해 지능이 너무 낮았다. 악군성의 단 한 가지 명령만 따를 수 있을 정도였다.

즉, '저자를 죽여라.'라는 명령을 내리면 오직 악군성이 지목한 상대를 죽이기 위해서만 최선을 다했다. 만약 그런 와중에 악군성이 위험에 처해도 결코 되돌아오지 않는 것이다. 더욱이 '저자를 죽이면서 내가 위험하면 설사 죽이지 못하더라도 우선 나를 보호해라.'라는 명령을 내리면 아예 움직이지를 않았다.

그 때문에 '나를 보호하면서 따라오도록.'이라는 명령도 내릴 수가 없었다. 그건 언제든지 적의 기습에 자신이 당할 수 있다는 걸 의미했다.

만약 악군성이 빙후에게 명령을 내리기도 전에 당해 버린다면 그걸로 끝나는 것이다. 거기에 현재 악군성의 무공은 금제되어 있지 않은가.

조금 전 조운학의 기습적인 공격에서도 만약 빙후에게 자신을 보호하라는 명령을 내리지 않았다면 꼼짝없이 당해 버렸을 게 분명했다.

암흑십영을 일부러 대동한 건 이런 이유가 컸다.

빙후에게 조운학을 제압하라는 명령을 내린 뒤 자신은 암흑십영에게 호위를 받을 생각이었던 것이다. 빙후라면 아무리 조운학이 발악해도 쉽게 제압할 수 있었다.

그렇게 생각하면 오히려 조운학이 독에 중독된 게 악군성에게는 악수가 되었다. 만약 그의 상태가 정상이었다면 결코 도망치지 않았을 것이다. 한데, 조운학이 자신이 미처 빙후에게 명령을 내리기도 전에 도망쳐 버리는 바람에 이 모든 게 허사로 돌아가고 말았다. 그 때문에 생각지도 못한 기습도 당할 뻔하지 않았는가.

'어떻게든 금제를 풀어야 한다……'

지금 악군성에게 있어 가장 큰 문제는 무공을 되찾는 거였다. 사실 금제만 푼다면 세상에 두려울 게 없었다. 설사 사부인 노백이 직접 찾아온다 할지라도 대적할 자신이 있었다.

그가 조운학을 찾아온 가장 큰 이유도 바로 이 금제 때문이다.

조운학은 천금뇌옥에 갇혀 있을 때 무혈화에 중독되어 있었다.

무혈화는 악군성이 직접 만든 독이었다. 이것을 복용하면 단전에 침투해 어떠한 내공도 일으키지 못하게 한다. 더욱이 시간이 지날수록 단전 깊은 곳까지 침투해서 종내에는 단전이 파훼되고 만다. 즉, 더 이상 내공을 일으키지 못하게 되는 것이다.

설사 악군성이라 할지라도 무혈화에 중독되면 해독하지 못한다. 애초에 해독약이 없기 때문이다.

그 때문에 단야는 오랜 세월 동안 천금뇌옥에 갇혀 있으면서 무혈화를 해독하기 위해 역천혈류대법이라는 무공을 창안했다. 하나, 그 역천혈류대법은 불완전했고, 이를 완성시킨 이가 바로 조운학이었다.

악군성은 이 사실을 잘 알고 있었다.

그렇기에 조운학을 제압해 자신의 금제를 푸는 방법을 연구하도록 시킬 생각이었던 것이다.

한데, 처음부터 일은 자신의 생각과는 전혀 다르게 돌아가고 있었다.

악군성은 새삼 깨달았다.

"그놈하고 엮이면… 제대로 되는 일이 하나도 없군……."

그는 한숨을 참을 수가 없었다.

※　※　※

"정말로 죽겠네."

조운학은 천근만근 무거운 몸을 검에 지탱한 채 사력을 다해 움직이고 있었다.

간신히 동굴을 벗어나 산길을 걸으니 시간이 지날수록 눈앞이 가물가물해졌다. 도망치는 걸 포기하고 그 자리에 눕고만 싶었다.

"젠장… 이게 대체 무슨 꼴인지……."

조운학은 절로 한숨이 흘러나왔다.

절대 손해 볼 수 없다는 생각 하나로 천강신문의 비밀 석실을 털려고 노렸다. 하지만 그런 욕심이 단단히 화를 불러온 것이다.

비밀 석실의 기관진식 때문에 죽을 뻔했고, 지금도 그곳에서 당한 독 때문에 이런 꼴이었다.

가장 억울한 건 그토록 고생하면서 얻은 야광주는 물론 관음곤옥비까지 포기해야만 했던 거였다.

"그게 어떻게 얻은 건데……."

그는 생각하면 할수록 너무 아까워서 눈물이 날 것만 같았다.

하지만 목숨보다 소중한 건 없기에 잊어버려야만 했다. 지금 중요한 건 어떻게든 몸을 숨겨서 독을 없앨 시간을 벌어야 한다는 것이다.

"아… 그 새대가리만 있었어도."

조운학이 지금 가장 절실하게 원하는 건 바로 천년금조였다. 천년금조만 탈 수 있다면 단숨에 적들에게서 도망칠 수 있었다.

하지만 지금 이곳에 없는 걸 원해 봤자 소용없었다.

그때, 갑자기 그의 움직임이 멈췄다. 삼 장 정도 떨어진 곳에서 수풀이 움직이며 무언가가 다가오고 있었기 때문이다.

조운학은 주저하지 않고 검을 던져 버렸다. 수풀 속에서 한 인영이 불쑥 튀어나온 건 바로 그때였다.

그는 바로 현송이었다.

순간 조운학의 표정이 변했고, 현송은 난데없이 덮쳐드는 검을 발견하고는 두 눈을 휘둥그레 떴다. 너무도 갑작스럽게 벌어진 일이라 현송의 몸은 돌처럼 굳어 버렸다. 다행히 검은 그의 왼쪽 어깨 위 옷깃을 가르며 아슬아슬하게 스쳐 지나갔다.

그러고는 바로 뒤의 고목에 텅 하는 소리와 함께 깊숙이 박혀 버렸다.

조운학과 현송의 시선이 뒤엉키고 잠시 침묵이 흘렀다. 현송의 시선이 슬그머니 고목에 박힌 검으로 향했다가 다시 본래의 자리로 되돌아왔다.

이어 그의 입에서 비명이 터져 나왔다.

"이, 이게 대체 무슨 짓입니까!"

"하하, 너 정말 반갑다."

조운학은 애써 태연한 척 웃었지만 사실 내심 안도의 가슴을 쓸어내리고 있었다. 만약 검을 던지던 순간에 팔의 힘이 빠지지 않았다면 큰일이 벌어졌을 것이다.

'하마터면 실수로 한 놈 보낼 뻔했네……'

현송은 쉽게 넘어갈 생각이 없었다.

"이게 무슨 짓입니까! 일부러 이곳에 남겨 청삼이를 유인하는 제물로 사용하지를 않나, 검을 던져 죽이려고 하지를 않나. 도대체 저한테 무슨 억하심정이 있는 겁니까. 예!"

"뭘 그런 사소한 일 가지고 따지고 그래. 다 이유가 있어, 이유가."

"그 이유라는 걸 가르쳐 주십시오. 제가 꼭 들어야 되겠습니다."

"나중에, 나중에 해 줄게. 지금은……"

"나중이라니 대체 언제 말입니까? 이 현송, 지금까지 조 장로님께 성심성의껏 헌신했다고 생각합니다. 그런 저를 감싸 안아 주기는커녕 계속 무시하시는데, 더 이상 참을 수가 없습니다."

"내가 잘못했다."

"예?"

현송은 순간 자신이 환청을 들었나 싶었다. 조금 전에 조운학의 입에서 결코 나오지 않을 것이라 생각했던 말이 흘러나왔던 것이다. 하지만 조운학의 표정은 진지하기 이를 데 없었다.

"네 말이 맞아. 네가 지금까지 나를 위해 노력하고 보필한 걸 생각하면 그런 대우를 받아서는 안 됐지. 맞아. 전부 내 잘못이야."

"아, 아니… 전부 그런 건 아니고요……."

이렇듯 조운학이 순순히 잘못을 시인하자 오히려 현송은 당혹감을 감출 수가 없었다.

'이, 이게 아닌데…….'

그는 조운학이 틀림없이 반박할 거라 생각했던 것이다. 아니, 지금까지의 조운학을 보면 화를 내는 게 당연했다. 그런데 저렇게 사과를 하자 오히려 찝찝하기만 했다.

그때 현송은 문득 조운학의 상태가 엉망이라는 걸 알아차렸다. 전신이 피 범벅에 만신창이나 다름없었다. 자신도 청삼이를 피해 도망친다고 몸 상태가 엉망이었지만 저 정도는 아니었다.

"조 장로님, 대체 무슨 일이 있었던 겁니까?"

"적이야."

"예?"

"지금 내 목숨을 노리는 적이 뒤쫓고 있어. 무시무시한 무위를 지닌 놈들이지. 설상가상으로 지금 독에 중독되어 버려서 말이야. 그래서 도망치는 중이야."

"하, 하하… 그러시군요."

현송은 어색하게 웃더니 슬그머니 몸을 뒤로 뺐다.

"그럼… 부디 무사하시기를 바라겠습니다."

그러나 조운학은 그를 놓아줄 생각이 없었다.

"그래. 함께 이 위기를 극복해 보자고."

현송은 격렬하게 거부했다.

"싫습니다. 왜 제가 조 장로님과 함께해야 합니까?"

"네가 아까 말했잖아. 지금까지 나를 헌신적으로 보필했다고. 그 때문에 내가 사과까지 했잖아. 그런데 정작 내가 위험에 처하자 혼자 살겠다고 도망치는 거야? 응? 그런 거야?"

"그, 그건……."

"뭐, 그래도 자신의 목숨이 아깝다는데 어쩔 수 없지. 그래, 가 버려. 하지만 기억해. 만약 이 위기를 벗어난다면 나는 지금 이 순간을 평생 기억할 거야. 알겠어?"

"……."

현송의 안색이 새하얗게 변했다. 무엇보다 조운학의 말 중에 '평생 기억할 거야.'라는 경고가 계속해서 뇌리 속을 맴돌았다.

'만약 조 장로님이 이 위기를 넘긴다면 평생 구박받는다는 거잖아.'

현송의 태도가 변했다. 그는 언제 그랬냐는 듯이 단호한 표정으로 말했다.

"어찌 제가 조 장로님을 버리고 혼자 살겠다고 도망치겠습니까. 그저 가벼운 농이었습니다."

"그렇지? 네가 그런 비겁한 짓을 할 리가 없지?"

"당연하지요. 조 장로님을 위해서라면 이 현송, 목숨도 버릴 수 있습니다."

그제야 조운학은 흡족한 미소를 입가에 머금었다.

"역시… 내가 사람 하나는 잘 봤다니까."

"조 장로님과 제가 어디 보통 사입니까. 처음 조 장로님이 이곳 화산에 도착했을 때부터 함께했지 않습니까. 저는 누구보다 조 장로님을 각별하게 생각합니다."

"나도 그래."

"조 장로님……."

"아무리 그래도 그렇게 애틋하게 쳐다볼 정도는 아니거든."

"……."

조운학은 머쓱한 표정을 짓고 있는 현송의 뒤를 향해 시선을 던지며 말했다.

"그런데… 너 청삼이를 아주 제대로 따돌렸나 보다."

"에휴, 말도 마십시오. 그놈의 늑대가 얼마나 지독하게 쫓아오는지 정말 죽는 줄 알았다니까요. 하지만 제가 누굽니까. 매화질풍대의 대주가 아닙니까. 그런 제가 작정하고 도망치는데 그깟 늑대 한 마리 따돌리지 못하겠습니까. 다시는 저를 찾지 못하게 따돌려 버렸습니다."

현송의 얼굴에는 뿌듯함이 가득했다. 하지만 조운학은 내심 혀를 찼다.

'쳇, 청삼이가 뒤쫓아올 줄 알았는데…….'

조운학이 적에게 쫓기는 긴박한 와중에서도 이곳에서 멈춰 선 건 청삼이를 기다렸기 때문이다.

청삼이는 영물이었다.

그렇기에 아무리 현송이 사력을 다해 도망쳐도 완벽하게 따돌리지는 못하리라 생각했던 것이다. 즉, 여기서 조금만 기다리면 청삼이 현송을 쫓아오리라 생각했다.

조운학은 현송을 발견했을 때 처음부터 청삼이의 등 뒤에 올라타 적에게서 도망칠 계획을 생각했던 것이다.

그런데 아무래도 현송은 완벽하게 청삼이를 따돌린 것만 같았다.

그는 현송을 새삼스럽다는 듯이 바라봤다.

'이거 알고 보니 대단한 놈이잖아? 아무리 작정하고 도망쳐도 그렇지, 설마 청삼이를 따돌릴 줄이야.'

조운학은 더 이상 지체할 시간이 없었다. 그래서 우선 고목을 꿰뚫고 있는 검을 뽑으려고 했다. 하지만 힘도 없고 워낙 깊숙이 꽂혀 있어 뽑을 수가 없었다.

"현송."

"알겠습니다."

현송이 검을 뽑으려고 달려들었으나 소용없었다. 그도 청삼이를 피해 도망친다고 전력을 다했었다. 내공이라고는 한 줌도 남지 않았고, 온몸이 녹초로 변해 있었다. 결국 현송도 포기하고 말았다.

"헥헥… 이거… 안 되겠는데요."

조운학의 눈이 언뜻 그가 옆구리에 차고 있는 검으로 향했다.

"여기도 한 자루 있네."

"이, 이건… 벽송검입니다."

"벽송검?"

"조 장로님이 팽 장로님에게서 빼앗아 저한테 선물로 주셨잖습니까."

"아… 그랬었지. 그런데 빼앗은 거 아니거든. 내기로 당당하게 얻은 거야."

"그건 그렇습니다만……."

"뭐, 지금 그게 중요한 게 아니니까. 그보다 곧 적이 쫓아올 거야. 어서 도망쳐야 하니 상체를 숙여."

"예?"

"내가 지금 독 때문에 더 이상 움직이지를 못하겠어. 그러니 네가 나를 업고 도망쳐야겠다."

현송은 화들짝 놀라며 외쳤다.

"저도 몸 상태가 엉망입니다."

조운학은 왼쪽 어깨를 보여 줬다. 왼쪽 어깨부근 주위는 이미 검게 변해 있었다.

"너 이렇게 독에 중독됐어?"

"아뇨……."

"이 상처들 보이지? 너 나처럼 피 많이 흘렸어?"

"업히십시오."

현송은 더 이상 반박하지 못하고 무릎을 굽혔다. 조운학이 기다렸다는 듯이 덥석 업혔다.

"어디로 도망치죠?"

"화산파로."

조운학은 악군성이 빙후를 지척에서 떼어 놓지 않는 건 분명 무슨 이유가 있기 때문이라고 생각했다. 그렇기에 화산파에만 도착한다면 악군성은 더 이상 쫓아오지 못할 것이라 판단했다.

"왔던 길을 되돌아갈 수는 없겠죠?"
"적에게 나 죽여 주세요, 할 일 있냐."
"그럼 한참 돌아가야 합니다."
"어쩔 수 없지."

현송은 조운학을 등에 업은 채 두어 걸음 옮기다 문득 떠오르는 게 있어 조심스럽게 입을 열었다.

"그런데 조 장로님……"
"또 왜?"
"그 독… 몸이 닿는다고 중독되는 건 아니겠죠?"
"너도 중독될까 봐 걱정되냐."
"당연하죠. 둘 다 중독되면 큰일이지 않습니까."
"걱정 마. 몸에 닿는다고 중독되는 건 아니니."
"정말이죠?"
"그래."

현송은 다시 걸음을 옮기다 아무래도 불안한지 또다시 물었다.

"정말로 중독 안 되는 거 맞죠?"
"너 콱 중독시켜 버린다."
"아, 알겠습니다. 갑니다, 가요!"

현송의 걸음이 빨라졌다.

'아, 좋구나.'

조운학은 의외로 현송의 등이 편안했다. 너무 피곤에 절어 있어서 그런지 금세 잠이 쏟아졌다. 그는 사력을 다해 저항했지만 소용없었다.

"드러렁……."

"응?"

현송은 갑자기 등 뒤에서 들려오는 소리에 깜짝 놀랐다. 하지만 그게 조운학의 코골이라는 걸 알고는 피식 웃어 버렸다.

"정말 고생 많으셨나 보군……."

그는 혹시라도 조운학이 깰까 봐 걸음 소리를 최대한 줄이며 움직였다.

제6장
이봐, 새삼 말하지만
내가 정말 손해 보는 거라니까?

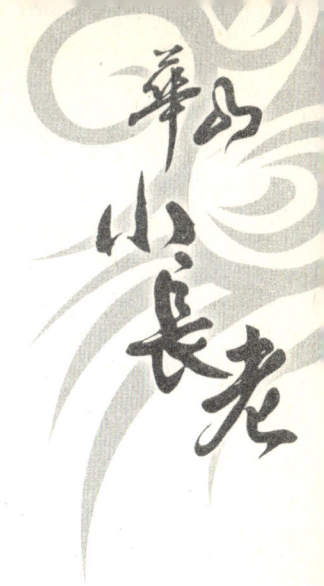

 하늘가의 밤빛은 물처럼 싸늘하고 누리는 한없이 적막했다. 단지 가끔 휘이잉 부는 밤바람이 잠든 숲을 흔들 뿐이었다.

 조운학과 현송은 벌써 반 시진이나 어둡고 깊은 숲을 헤쳐 나가고 있었다. 최대한 조심스럽게 나아가다가 속도를 올리길 수차례. 두 사람은 갈수록 지쳐 갔다. 그래서인지 얼마 전부터는 대화도 거의 없이 묵묵히 걷기만 했다.

 현송은 두 주먹을 불끈 쥐고 달렸다. 몸도 피곤했지만 무엇보다 들키지 말아야 한다는 긴장감이 그에게는 이를 악물어야 할 만큼 고역이었다. 더욱이 조금 전까지만 해도 조운학을 등에 업고 움직였었다.

그로 인해 조운학은 잠시라도 쉴 수 있었다. 코까지 골지 않았던가. 하지만 현송으로서는 죽을 맛이었다.

"헉, 헉……."

현송은 숨이 차고 다리가 후들후들 떨려 도저히 더 이상 뛸 수가 없었다. 땀방울이 스며들어 눈이 쓰리고 시야가 가물가물 흐려졌다. 그리고 심장은 곧 폭발할 듯이 뛰고, 목구멍은 불이 활활 타는 듯했다.

'안 돼. 이러다간 조 장로님을 놓치고 말겠어.'

그는 지금 앞서 가는 조운학을 놓치면 다시는 찾을 수 없을 거라는 불안감에 옷소매로 땀을 닦으며 계속 달렸다.

그러나 그의 힘과 인내심은 드디어 바닥을 드러내고 말았다. 갑자기 다리가 휘청하더니 무릎이 꺾이며 앞으로 푹 고꾸라졌다.

현송의 얼굴은 백지장처럼 창백하고 입술은 달달 떨렸다. 그런 와중에도 조운학을 놓치면 안 된다는 생각에 얼른 그를 부르려고 했다.

바로 그때, 앞서가던 조운학이 우뚝 멈춰 섰다.

"조 장… 읍!"

현송은 그를 부르려다 갑자기 조운학이 손으로 입을 틀어막자 두 눈을 크게 떴다. 그의 안색이 돌처럼 딱딱하게 굳어 있었다.

조운학은 손가락을 입에 대며 현송에게 조용히 하라고 지시했다. 그는 날카로운 눈빛으로 전방을 주시했다.

사위가 어두워 자세히 구별하긴 어려웠지만, 현송이 아무리 두 눈을 부릅뜨고 살펴도 앞에 보이는 것은 까마득히 솟아 있는 고목과 수풀 몇 개가 전부였다. 아무런 이상을 발견할 수 없었다.

그러나 조운학이 아무런 이유 없이 이럴 리는 없었다.

잠시 숨 막히는 적막이 흘렀다.

현송은 조운학을 긴장 어린 표정으로 바라보며 꼼짝도 하지 않았다. 그런데 그때 갑자기 수풀이 크게 흔들리더니 뭔가가 쏜살같이 튀어나왔다.

현송은 두 주먹을 꽉 움켜쥐었다. 그리고 언제든지 도망갈 자세를 취했다. 하지만 조운학의 맥 빠진 음성에 언제 그랬냐는 듯이 원래대로 돌아왔다.

"살쾡이군."

그가 살쾡이라고 말한 것은 현송이 미처 정체를 확인하기도 전에 시야에서 사라져 버렸다.

"휴우, 컥!"

참았던 숨을 크게 내뱉던 현송은 갑자기 턱 하니 숨이 막혀 캑캑거렸다. 억지로 참고 있었던 호흡이 헝클어진 것이다.

두 사람은 여기까지 뛰어오느라 여간 피로한 게 아니었으므로 잠시 쉬기로 하고 수풀 속에 몸을 숨겼다.

"현송, 숨을 쉴 때는 코로 가지런하게 쉬고, 미약한 움직임은 괜찮으나 소리가 나도록 움직여서는 안 된다."

조운학의 나지막한 충고에 현송은 숨을 가다듬으며 고개를 끄덕였다.

두 사람은 엎드린 자세에서 휴식에 들어갔다.

조운학은 현현진결을 운기했다. 단전 부근에서 따스한 기운이 피어오르더니 전신으로 퍼져 나가는 게 느껴졌다. 하나, 아직까지 기혈은 엉켜 있는 형편이었다.

본신의 힘을 일부분만이라도 일으키려고 하면 엄청난 극통이 덮쳤다. 가장 큰 문제는 여전히 왼쪽 어깨에 모여 있는 독이었다.

동굴 속에서 너무 무리하는 바람에 독기가 조금씩 심장 쪽으로 움직이고 있었다.

'그때 동굴 속에서 모두 없애 버렸어야 하는 건데……'

악군성은 분명 몸에 이상이 있어 무공을 펼치지 못하는 게 분명했다.

그래서 동굴 속에서 그도 없애 버릴 수 있지 않을까 하고 기대한 건 사실이었다. 한데, 암흑십영 중 대부분은 관음곤옥비에 휘말려 죽었으나 악군성은 없애지 못했다.

조운학은 도망친다고 그 광경을 직접 보지는 못했으나 대략이나마 짐작할 수는 있었다.

아마 빙후 때문일 것이다. 악군성이 호언장담하지 않았던

가. 빙후의 무위는 신화경에 오른 노백과 비견할 만하다고 말이다.

'그런데 그 정도로 대단한 여인이 왜 움직이지 않는 거지?'

조운학은 그 이유를 도무지 알 수가 없었다. 만약 처음부터 빙후가 움직였다면 자신은 꼼짝없이 당하고 말았을 것이다. 그런데도 빙후는 지금까지 전혀 움직이지 않고 있었.

'왜지?'

조운학은 아직 빙후가 강시임을 알지 못했다. 그렇기에 빙후에 대해서만은 혼란스러웠다. 다만 그 대단한 빙후를 악군성이 홀로 움직이지 못하게 하려는 건 분명했다.

그때 조운학의 안색이 눈에 띄게 굳어지며 재빨리 손을 뻗어 현송의 머리를 잡아 눌렀다.

그는 신중한 표정으로 주위의 기척을 살폈고, 현송은 긴장감에 자신도 모르게 꿀꺽하고 침을 삼켰다. 그러고 보니 아까부터 울어 대던 산짐승의 울음이 갑자기 멈춘 것 같았다.

휘이이이잉…

불어오는 한줄기 찬바람과 함께 숨 막히는 정적이 흘렀다.

그때, 한 인영이 유령처럼 나타났다. 바로 불영이었다. 그의 전신은 만신창이였고 입가에 실 피마저 흐르고 있었다. 하지만 차가운 표정과 이글거리는 안광, 거기에 전신에서 뿜어 오는 오싹한 살기는 그의 집념을 보여 주었다.

불영은 안광을 번뜩이며 천천히 주변을 두리번거렸다. 조운학의 종적이 여기에서 끊어진 것이다. 잠시 주변을 샅샅이 뒤지다 갑자기 허공에 시선을 두더니 입을 열었다.

"이제 나오지 그래."

"헉!"

그의 말에 현송은 자신도 모르게 헛바람을 들이켰다. 재빨리 입을 막았으나 이미 때는 늦었다.

불영은 입가에 회심의 미소를 머금으며 시선을 돌렸다.

자신이 불영의 떠보는 말에 속았다는 걸 깨달은 현송의 심정은 참담했다.

"멍청아, 달려."

조운학은 그 말과 함께 쏜살같이 달려 나갔고, 현송도 재빨리 제정신을 찾으며 뒤따랐다. 그는 전력으로 질주했다. 발이 꼬여 넘어질 뻔하기도 했지만 사력을 다해 조운학의 뒤를 따랐다.

자그마한 바위를 뛰어넘으며 살짝 뒤를 쳐다본 현송은 기겁하여 달리기에 더욱 박차를 가했다. 불영이 이글거리는 안광을 내뿜으며 귀신처럼 뒤따라오고 있었다.

나뭇가지와 가시넝쿨에 걸려 온몸 곳곳이 따끔거리고 쓰렸지만 그런 것에 신경 쓸 겨를이 없었다.

다행히 불영은 내상 때문인지 순식간에 따라잡지는 못하고 있었다. 하지만 현송의 신체는 이미 한계를 넘어서고 있었다.

"헉! 헉!"

심장은 금방이라도 터질 듯했고 숨은 턱까지 차올라 왔다. 하지만 걸음을 멈출 순 없었다. 멈추는 순간이 바로 죽는 순간이란 생각에 거의 무의식적으로 발을 내디디고 있는 형편이었다.

서서히 앞서 달려가는 조운학의 모습이 아물거리면서 한 발, 한 발 움직이는 게 천근만근 무거웠다. 그러다 갑자기 휘청이며 크게 비틀거리다 털썩 앞으로 고꾸라지고 말았다.

"크헉!"

현송은 땅바닥의 차가움과 흙의 포근함을 느끼며 거친 숨을 내뱉었다. 입에선 단내와 함께 헛구역질이 돌았다. 그러나 고개를 돌려 뒤를 바라보던 현송은 미처 숨을 가다듬기도 전에 재빨리 오른쪽으로 굴렸다. 불영의 손이 그를 낚아채려는 듯이 노려 온 것이다.

불영의 손은 종이 한 장 차이로 빗나갔고, 현송은 벌떡 일어나 다시 도망가려 했다. 하지만 더 이상 다리가 움직이지 않았다. 결국 또다시 풀썩 쓰러지고 말았다.

"으아아악!"

현송은 공포감에 자기도 모르게 비명을 질렀다. 이어 불영은 그의 뒷덜미를 아주 가볍게 잡아챘다.

그런데 바로 그때 수풀에서 조운학이 쏜살같이 뛰쳐나오

더니 오른손에 쥐고 있던 것을 뿌렸다. 그건 흙먼지였다.

이에 불영은 막 잡아챈 현송을 앞세웠다. 흙먼지는 바로 현송의 얼굴을 덮치고 말았다. 그는 얼굴이 따끔거리고 일순 눈도 보이지 않자 또다시 비명을 지르며 버둥거렸다. 그 버둥거림이 너무나 거세어 불영은 그만 당황했다.

그 틈을 타고 조운학의 신형이 기묘하게 움직이더니 일장을 뻗어 그의 오른팔을 강타했다. 그제야 현송은 불영의 손에서 벗어날 수 있었다.

불영은 둔기로 맞은 듯한 강한 충격에 잡고 있던 현송을 놓치자 분노하며 오른팔을 크게 휘둘렀다.

그러나 조운학은 그걸 가볍게 피하며 어느새 그의 왼쪽으로 돌아갔다. 이어 현송이 차고 있던 벽송검을 뽑았다. 챙 하는 맑은 소리와 함께 검을 손에 쥔 조운학은 능숙하게 검을 치켜들었다.

순간, 한 가닥 창백한 빛이 허공을 갈랐다.

파앗!

불영은 재빨리 몸을 피했으나 옷깃이 잘리고 말았다.

"하압!"

그는 우렁찬 고함 소리와 함께 번개같이 조운학을 향해 폭사해 들어갔다. 그는 마치 둘도 없는 강자를 대하듯이 신중한 표정이었다. 불영의 손끝에선 불같은 기운이 뿜어져 나와 허공을 현란하게 움직이며 조운학을 공격했다.

아슬아슬하게 피하던 조운학은 신형을 뒤로 날렸다. 불영도 몸을 날려 재빨리 뒤로 피하는 조운학을 쫓아갔다. 그의 몸이 허공에서 무서운 회전력으로 원을 그리며 조운학의 얼굴을 향해 번개처럼 날아들었다. 그에 조운학은 최대한 상체를 뒤로 젖혔다.

팟!

뜨거운 기운이 그의 콧잔등을 아슬아슬하게 스쳤다. 불영의 두 손이 풍차처럼 회전하며 조운학의 몸을 향해 짓쳐 왔다. 그러나 재빨리 자세를 잡은 조운학의 두 눈에 이채가 번뜩이더니 전신이 흐릿하게 변하면서 그대로 땅속으로 꺼지듯 사라졌다.

불영의 공세가 빈 허공을 가르는 순간, 하늘에서 차가운 기운이 그의 정수리를 향해 떨어져 내렸다. 한데, 빠르게 허공으로 치솟은 조운학이 자신을 노리고 떨어져 내리는데도 불영은 피하지 않고 오히려 양손으로 번개같이 허공을 가르며 그를 노렸다.

일순 조운학의 얼굴에 당혹스러워하는 빛이 떠올랐다.

지금 불영의 행동은 '살을 베어 주고 적의 목을 친다.'라는 격언에 반대되는, 목숨을 버리고 상처를 주겠다는 뜻으로밖에 해석되지 않았다. 그러나 그는 곧 그게 아님을 깨달았다.

어디선가 불쑥 튀어나온 검이 자신의 검을 막았다.

조운학은 내심 아차 싶었다.

불영과의 대결에만 정신을 집중하는 바람에 그의 동료가 더 있다는 사실을 잠시 깜빡한 것이다.

불영의 눈에 회심의 빛이 스쳤고, 그의 양손은 조운학의 가슴 앞 지척까지 다다랐다.

조운학은 사력을 다해 몸을 비틀었으나 그만 왼쪽 어깨에 일장을 맞고 말았다.

"윽!"

터져 나오는 신음을 간신히 참으며 조운학이 신형을 허공에서 풍차처럼 회전시키더니 거칠게 땅에 내려섰다.

순간 불영과 빙영이 그의 좌우로 빠르게 파고들었다.

그에 조운학은 급히 신형을 뒤로 퉁겼다. 불영과 빙영이 계속해서 협공을 펼치는 바람에 그는 감히 반격할 엄두도 내지 못하고 피하는 데만 급급했다.

조운학의 눈빛이 암담하게 변했다. 심각한 내상을 입고 지칠 대로 지친 상태에서 억지로 무공을 펼치는 바람에 간신히 억제시켜 놓았던 내상이 다시 도진 데다, 옆구리의 상처도 다시 터져 피가 흘러나왔는지 축축했다. 더욱이 방금 왼쪽 어깨를 강타당하는 바람에 독이 빠르게 움직이고 있었다.

과도한 진기의 소모로 백지장처럼 창백하게 질린 조운학은 비틀거리며 금방이라도 쓰러질 것만 같았다. 지금까지

버틸 수 있었던 건 사실 불영과 빙영의 부상도 심했기 때문이다. 하지만 그가 쓰러지는 건 시간문제인 듯했다.

그때 예상치 못한 일이 벌어졌다.

갑자기 현송이 불쑥 끼어들더니 조운학을 압박해 가는 빙영을 향해 사력을 다해 끌어 모은 모든 힘을 담아 양손을 뻗었다.

"이런!"

전혀 예상치 못한 공격에 빙영은 당황하여 급히 피했지만, 그보다 조금 빨리 현송의 공세가 그녀의 옆구리에 작렬했다.

퍼펑!

가죽 북 터지는 소리와 함께 빙영의 신형이 기묘하게 꺾였다. 그로 인해 불영의 신형도 멈칫거렸고, 순간 기다렸다는 듯이 조운학이 움직였다. 그는 입술을 깨물며 미끄러지듯이 빙영의 품속으로 파고들었다. 그리고 그녀가 미처 충격을 추스르기 전에 검으로 목젖을 그어 버렸다. 정말 놀라운 순발력이었다.

피앗!

빙영은 급히 신형을 뒤로 젖혔지만 살짝 스쳐 버렸다. 목젖에서 실 피가 주르르 흘러내렸고 그녀는 자신도 모르게 검을 놓쳤다.

"죽여 버리겠다!"

빙영이 중상을 입자 불영은 분노하며 전신의 내공을 모조리 끌어 올렸다. 이에 머리칼이 곤두서고 두 눈에서는 섬뜩한 살기가 뻗었다. 마치 전신에서 불길이 타오르는 듯했다.

"히익!"

그 모습에 현송은 기겁하며 뒤로 물러섰다. 불영은 그런 현송을 내버려 둔 채 조운학을 향해 덮쳐들었다. 그가 금방이라도 도망치려는 듯이 뒷걸음질 치고 있었기 때문이다. 조운학은 불영이 덮쳐들자 방어에 급급해야만 했다.

'어떻게 하지?'

조운학이 위기에 빠지자 현송은 다급한 마음을 감추지 못하고 주위를 두리번거렸다. 무공을 펼쳐서 도와주고 싶지만 조금 전에 일장을 펼친 게 한계였다. 그것만 해도 모든 내공을 밑바닥까지 박박 긁어모아서 간신히 펼친 거였다. 더 이상은 무리였다. 하지만 가만히 지켜볼 수는 없었다.

조운학이 금방이라도 쓰러질 것 같자 현송은 땅바닥에 떨어져 있는 돌멩이를 불영을 향해 마구 집어던졌다. 이에 불영은 처음엔 조금 당황했으나, 금세 아랑곳하지 않고 계속 조운학을 몰아붙였다.

급기야 현송은 돌멩이뿐 아니라 손에 잡히는 건 모조리 던져 봤지만 아무 소용이 없었다. 조운학이 쓰러지면 다음 차례는 분명 자신이었다. 애가 탔다.

그러다 옆에 검이 한 자루 떨어져 있는 걸 발견했다. 빙영이 놓친 것이었다.

 잠시 그 여인을 살피니 목의 상처를 치료하고 있었다. 이에 슬그머니 검이 있는 곳으로 다가가 집었다.

 조운학은 쓰러지기 일보 직전이었다. 잠시 한숨을 돌리고 싶었지만 그럴 여유가 없었다. 그러다 그의 표정에 단호한 빛이 스쳤다.

 번쩍!

 두어 번의 발을 놀리는가 싶더니, 어느새 조운학의 검은 불영의 미간을 꿰뚫을 듯 닿아 있었다.

 "헉!"

 한 치의 변식도 없이 점과 점을 이은 가공할 쾌검에 불영은 절로 헛바람을 내뱉었다. 그는 재빨리 머리를 틀었으나 머리카락이 우수수 잘려 나갔다. 귓불도 베인 듯 얼얼함이 느껴졌다.

 불영은 믿기 어렵다는 표정을 지었다. 서 있는 게 이상할 정도로 힘겨워하던 조운학이 갑자기 생각지도 못한 쾌검식을 펼친 것이다. 빙영이 부상을 입었다는 경계심이 없었다면 꼼짝없이 당했을 게 분명했다.

 그러나 다시 조운학을 바라본 불영의 눈에 묘한 이채가 스쳤다. 조운학이 땅바닥에 털썩 주저앉았기 때문이다. 너무 지쳐 고개조차 들기 힘들었지만 거친 숨을 내쉬며 불영을 올려다봤다. 특히 그의 미간을 뚫어져라 바라봤.

아까웠다. 마지막 젖 먹던 힘까지 끌어 모은 혼신의 일격이었다. 조금만 더 빠르고, 조금만 더 방향을 틀었으면 성공했을 텐데, 그러기엔 너무 힘이 없었던 것이다.

이젠 전신이 물먹은 솜처럼 무거워서 목에 검을 들이댄다고 해도 움직이지 못할 것 같았다.

"그래, 죽여라, 죽여."

조운학은 만사가 귀찮다는 표정이었다.

그때, 불영의 두 손에서 붉은 기운이 솟구쳤다.

"멈춰!"

그가 막 조운학을 공격하려는 순간, 현송이 크게 외쳤다. 시선을 돌리니 현송은 빙영의 목에 검을 대어 놓고 있었다.

"조금이라도 움직이면 목을 베어 버리겠다."

불영의 표정이 종잇장처럼 일그러졌다. 사실 암흑십영 중 그와 빙영은 각별한 사이였다. 오랜 시간 동안 함께한 연인이었던 것이다. 혼약을 맺지 않았다 뿐이지 반려자나 다름없었다.

그렇기에 아무리 임무라 할지라도 빙영을 쉬이 외면할 수가 없었다.

"그녀의 몸에 이상이라도 생긴다면 네놈을 죽지도 살지도 못하는 몸으로 만들어 버릴 테다."

"흥! 마음대로 해 보시지."

불영의 협박에도 현송은 태연하게 냉소를 터트리며 맞받

아쳤다. 사실 겁이 났지만 이제 와서 약한 모습을 보일 수는 없었다.

'그나저나 화산파의 당당한 제자인 내가 이런 비겁한 짓을 하다니…….'

조운학이 너무도 위급한 상황이라 앞뒤 가리지 않고 저지른 일이었다.

하지만 이런 사실을 누군가 알기라도 한다면 지탄을 받을 게 분명했다. 화산파의 제자는 아무리 위급한 상황일지라도 올곧아야 한다고 가르침을 받았기 때문이다.

'에이, 나도 몰라. 우선 살고 봐야지, 목숨이 왔다 갔다 하는 중요한 상황에 그런 것까지 챙길 여유가 어디 있어.'

현송은 스스로 이럴 수밖에 없다고 납득했다. 불영이 움직임을 멈추자 조운학이 다시 몸을 일으켜 현송에게 다가갔다. 현송은 혹시 조운학이 자신의 비겁한 행동을 탓하지 않을까 걱정스러웠다. 하나, 그건 기우에 불과했다.

"잘했어."

조운학은 오히려 칭찬을 하며 현송의 어깨를 툭툭 두드렸던 것이다.

"아… 예."

"제 앞가림도 제대로 못하는 놈인 줄 알았는데 의외로 쓸 만하잖아. 앞으로도 계속 그렇게 해. 알겠어?"

현송은 이런 조운학의 말이 정말로 칭찬인지 골똘히 생각했다.

"검 내려간다."

"헉."

그러다 조운학의 충고에 재빨리 빙영의 목에 검을 갖다 대었다. 조운학은 잠시 호흡을 가다듬더니 손을 움직여 빙영의 몸을 점혈했다. 단지 그것만으로도 그의 전신은 땀으로 흠뻑 젖었다. 이어 한 차례 크게 심호흡을 한 뒤에 시선을 불영에게 돌렸다.

"정말로 움직이지 않을 줄은 몰랐어."

"……."

조운학은 히죽 웃었다.

"중요한 사람인가 보군. 부하 관계는 아니겠고… 연인인가?"

"이놈!"

"그런가 보군. 좋아, 내 한 가지 조건을 걸지. 이것만 들어주면 저 여인은 무사할 것이다."

"닥쳐라!"

"그래? 현송, 목을 베어 버려."

"예?"

조운학의 말에 현송의 눈이 커졌다. 인질로 삼아야 할 적을 이토록 빨리 없애라고 할 줄은 생각지도 못했다. 하지만 조운학은 단호했다.

"어서 죽여. 인질로서의 가치가 없으면 적을 한 명이라도 줄여야지. 내가 해?"

조운학은 성큼성큼 다가와 현송의 검을 빼앗았다. 그리고 주저 없이 빙영의 목을 베어 버렸다.

"자, 잠깐!"

그걸 본 불영은 황급히 만류했다. 설마 이토록 과감하게 일을 저지를 줄은 몰랐던 것이다. 다행히 조운학의 검은 빙영의 목에 살짝 상처를 입히는 데 그쳤다. 하지만 원래 목에 난 상처가 더 심해져 피가 주르르 흘러내렸다.

조운학은 경고했다.

"두 번은 없다는 걸 알아 둬."

"……."

"그럼 다시 조건을 말해 볼까? 너 말이야, 그냥 이 자리에서 자진해. 그럼 이 여인을 무사히 풀어 주지. 어때?"

"부… 불가하다."

"이거 실망인데. 보통 이럴 경우에는 말이야, 내 목숨을 내놓는 대신 저 여인을 살려 다오. 이래야 하는 거야. 그런데 너 너무 빨리 거절하는 거 아냐?"

"……."

"너희 둘, 그렇게 사랑하는 사이는 아닌가 봐?"

조운학은 정말로 실망했다는 표정이었다.

"그럼 어쩔 수 없이 내가 손해 보는 조건을 말해야겠군. 그냥 간단하게 사지 중 하나만 잘라. 팔도 좋고 다리도 좋아. 이것 봐, 겨우 사지 중 하나로 사랑하는 여인의 목숨을 구할 수 있는 거야. 내가 너무너무 손해 보는 거지만 뭐, 상황이 상황이다 보니 받아들이도록 할게."

불영은 분노하다 못해 황당함을 감추지 못했다. 조운학은 빙영의 목숨을 대가로 자신이 마치 물건이라도 되듯이 흥정을 하고 있었다. 더욱 황당한 건 저러면서도 오히려 자신이 손해 보는 듯이 이야기하고 있다는 것이다.

"뭘 이런 걸로 고민하고 그래. 사랑하는 여자잖아. 그렇다고 목숨 걸고 구하라는 것도 아니잖아. 겨우 사지 중 하나야, 하나. 걱정 마. 팔도 두 개고 다리도 두 개야. 한 개쯤 사라진다고 해서 어떻게 되지 않아. 겨우 그걸로 사랑하는 여인의 목숨을 구할 수 있다고. 싸다 싸. 새삼 말하지만 내가 정말 손해 보는 거라니까?"

"이……."

"그것도 싫어?"

"그런 헛소리 따위는 들어줄 수 없다!"

불영이 발끈하자 조운학은 한심하다는 듯이 혀를 찼다.

"쯧… 이놈 날로 먹으려고 드네. 너 계속 시간만 끌면 그냥 확 그어 버린다. 알겠어?"

그러고는 이번에는 빙영에게 조언하는 것이 아닌가.

"이봐, 들었지? 네 목숨이 걸려 있는데도 계속 거부하면서 헛소리로 치부하는 거. 네 목숨보다 자신의 신체가 더 중요한 거야. 즉, 위급한 상황에서는 언제든지 너를 버릴 수 있다는 거지. 너 말이야, 지금이라도 늦지 않았으니 다른 남자 알아보는 게 어때."

"이놈! 닥치란 말이다!"

불영의 입에서 불을 토하는 듯한 외침이 터져 나왔다. 그는 더 이상 분노를 참지 못하고 금방이라도 덮쳐들 듯한 기세였다.

그러나 이런 불영과는 달리 조운학은 태연하기만 했다.

"덤벼. 덤벼 봐. 그럼 우선 이 여인의 목을 품속에 안게 될 테니 말이야."

"크윽……."

불영의 얼굴이 붉으락푸르락했다.

'헤에.'

그리고 이런 상황을 숨죽이며 지켜보던 현송은 내심 놀라움을 금치 못했다. 아무리 적이라지만 사랑하는 여인의 목숨을 담보로 대놓고 협박을 하고 있는 것이다. 이건 대체 누가 악당인지 알 수가 없을 정도였다. 이상한 건 그런 조운학이 왠지 모르게 멋져 보인다는 것이다.

'그래, 맞아. 찌질하게 도망치는 것보다 비겁하지만 당당한 게 더 남자답잖아.'

지금까지 적에게 쫓겨 죽어라 도망치기만을 반복했었다.

그렇기에 아무리 인질을 이용한 협박이라지만 처음으로 마음이 편안했다.

이때 불영의 마음은 점점 차갑게 식어 가고 있었다. 빙영은 수년간 함께했던 여인이었다. 그렇기에 그녀가 인질로 잡히자 평소와는 다르게 당황하고 말았다. 빙영이 소중하기는 하나 자신의 목숨을 내놓거나 사지 중 하나를 자르라는 등의 얼토당토 않는 요구를 들어줄 수는 없었다. 그렇다고 계속해서 이렇게 대치만 하고 있을 수도 없기에 결단을 내려야만 했다.

'어쩔 수 없군.'

아무리 빙영의 목숨이 사라진다 하더라도 악군성에게 받은 임무가 우선이었다. 이렇게 결단을 내리자 불영의 눈가에는 스산한 빛이 번뜩였다. 한데, 이런 불영의 변화를 조운학은 재치 있게 알아차렸다.

그럼에도 그는 여유를 잊지 않았다.

"다 싫다면 마지막으로 조건을 말하지. 우리를 그냥 놓아주는 거야. 잠시 못 본 체하는 거지. 그러면 우리는 도망가고 이 여인의 목숨도 무사하겠지. 즉, 서로 상부상조하자는 거야."

"그럴 수 없다."

"그래? 그럼 어쩔 수 없지."

조운학의 말이 끝남과 동시에 검이 빙영의 가슴팍을 꿰뚫었다.

"장로님!"

"무슨……."

현송과 불영의 눈이 동시에 커졌다. 설마 이토록 신속하게 일을 저지르리라고는 생각지도 못했던 것이다.

"이노옴!"

불영의 전신에서 무시무시한 살기가 폭출했다. 현송의 안색도 새하얗게 변했다.

'이, 이제 끝이야.'

그러면서 조운학을 보니 이미 등을 돌린 채 도망치고 있었다.

"조 장로님!"

현송은 도망쳐도 소용없다는 걸 알지만 본능적으로 조운학의 뒤를 쫓았다.

"살아 있는 걸 후회하게 해 주마."

불영은 그런 두 사람을 단숨에 제압할 생각으로 몸을 날렸다. 그때 그런 귓가에 빙영의 나직한 신음 소리가 들려왔다. 순간 불영의 몸이 멈칫거렸다. 그는 재빨리 빙영에게 다가가 상처를 살폈다.

불영은 알 수 있었다. 지금 빙영의 상처가 심각하지만 제대로 치료한다면 살릴 수 있다는 것을. 그건 반대로 이대로 내버려 두면 목숨을 잃는다는 걸 의미했다.

"비겁한……."

불영은 입술을 질끈 깨물었다. 조운학이 빙영을 죽인 줄 알았지만 사실은 절묘하게 부상을 입힌 것이다.

빙영이 죽도록 내버려 두면 조운학과 현송을 잡을 수 있었다. 하지만 빙영을 치료하면 저 둘을 놓치고 말 게 분명했다. 만약 조운학이 계속 빙영을 인질로 삼아 협박했다면 애초에 결단을 내린 대로 행동했을 것이다.

그런데 빙영이 바로 눈앞에서 숨을 헐떡이고 있자 도저히 외면할 수가 없었다.

"반드시… 죽여 버리고 말겠다."

불영은 새삼 조운학에 대한 분노를 다지며 빙영의 상처를 살폈다.

※ ※ ※

섬서에 위치한 산양은 반년에 한 번씩 열리는 야시로 유명했다. 각지에서 달려온 상인들이 밤에 상시를 여는 것이다. 해서 산양 시진은 밤에 더욱 활기를 띠게 된다.

황혼.

은은한 노을빛 잔광이 대지를 핏빛으로 적실 무렵이었다.

"자! 쌉니다, 싸요."

"에이! 그래도 최고 품질의 비단인데 은자 두 냥은 주셔야지."

수많은 사람들이 와글거리며 야시장의 흥을 더욱 돋웠다.

"흐흐, 이곳도 제법 수입이 괜찮군."

무림맹의 정보 단체인 은자각의 각주이나 야시장에서 꿀 바른 사과를 팔아서 뒷돈을 챙기는 데 더욱 열중인 여지명은 오늘도 얼마나 많은 돈을 벌지 기대가 컸다. 얼마 전까지만 해도 그는 사천에 있었다. 하지만 모종의 일로 이곳 산양에 오게 되었고, 제 버릇 못 고친다고 밤에는 꿀 바른 사과를 파는 일에 열중했다.

그런데 그가 막 장사 준비를 마쳤을 때 서너 명의 사내들이 다가왔다. 하나같이 인상이 험악했고 흉터도 가득했다. 그들 중 한 명이 다짜고짜 손을 내밀며 말했다.

"상납금."

"예?"

"상납금 몰라? 여기서 장사하려면 상납금 달라고."

"……"

여지명은 황당함을 감출 수가 없었다. 그러다 사내들의 왼쪽 가슴 부근에 수놓아져 있는 용을 보며 무언가를 떠올렸다.

'그러고 보니… 며칠 전에 이곳을 장악하고 있던 서혈파가 흑룡파인가 하는 곳이랑 붙어 박살 났다고 했지…….'

이곳 야시장에서 장사하고 있는 사람은 수백 명에 달했다. 하루에 움직이는 돈만 해도 엄청났기에 그야말로 노른자라고 볼 수 있었다.

그렇기에 많은 뒷골목의 조직들이 이곳을 노렸으나 몇 년 전부터 서혈파라는 곳이 장악하고 있었다. 서혈파는 장사꾼들에게 보호를 명목으로 상납금을 요구했다.

여지명은 괜히 분란을 만들 필요가 없어 서혈파에게 보름에 한 번씩 상납금을 바쳤었다. 정말 아까웠지만 어쩔 수 없는 일이었다.

'뭐, 어쩔 수 없지.'

여지명은 품속에서 은자 5냥을 꺼내어 건넸다. 그러자 손을 내밀고 있던 사내가 돈을 덥석 가로채 갔다. 사내는 은자를 흘낏 살펴보더니 품속으로 넣으며 말했다.

"그럼 내일 또 오지."

"예?"

"아, 미처 말을 못했군. 오늘부터 상납금은 하루에 한 번씩 걷기로 했다. 그렇다고 상납금이 달라지는 건 아냐."

"예에!"

여지명은 자신도 모르게 비명성을 터트렸다. 하루에 은자 5냥이라니. 그건 하루 매상의 대부분이지 않은가. 그는 단호히 고개를 저었다.

"그럴 수 없습니다. 어찌 매일… 커헉!"

사내가 여지명의 멱살을 잡아 올렸다. 그러고는 바로 눈앞에 얼굴을 갖다 댄 후 짐승처럼 으르렁 거렸다.

"죽고 싶어? 이제 이곳의 주인은 우리 흑룡파다. 반항하는 놈들은 사지를 박살 내서 쫓아내 버리겠다."

사내의 이 경고는 사방에서 지켜보고 있던 장사꾼들에게 향한 것이기도 했다. 장사꾼들은 한 차례 주위를 훑듯이 바라보는 사내의 눈을 감히 마주치지 못한 채 고개를 숙였다.

그런 장사꾼들의 모습에 사내는 만족스런 표정을 지으며 여지명을 뒤로 던졌다.

"어이쿠!"

여지명은 비명을 지르며 뒤로 나뒹굴었다. 사내는 그런 여지명의 가슴을 발로 밟으며 물었다.

"하루에 한 번이다. 너도 이제 알겠지?"

"아, 알겠습니다."

여지명은 어쩔 수 없이 고개를 끄덕였다. 그러면서 내심 이를 갈았다.

'이 썩을 놈들이 감히 내 돈을 노려? 나중에 두고 보자.'

오늘 새벽에 할 일이 생겼다. 직접 흑룡파를 찾아가 뒤집어 버릴 생각이었던 것이다. 물론 여기에는 조심해야 할 것이 한 가지 있었다. 은지각의 부하들에게 들키지 말아야 한다는 것이다.

은자각의 각주가 돈 때문에 한낱 삼류 문파에 분풀이를 했다는 사실이 알려지면 큰일이기 때문이다.

그렇게 여지명이 복수를 다짐하고 있을 때였다. 돌연 한 여인이 불쑥 모습을 드러냈다. 순간 모두의 눈이 커졌다. 여인이 천상의 선녀처럼 너무도 아름다웠기 때문이다. 여인은 초롱초롱한 눈빛으로 쓰러져 있는 여지명과 험악한 표정을 짓고 있는 사내들을 바라봤다.

'어떤 무가의 여식인가······.'

여지명은 혹시 무공을 터득한 여인이 의협심을 발휘해 나선 게 아닌가하는 생각이 들었다. 여인의 표정에는 한 점의 두려움도 없었기 때문이다.

'그나저나 너무 아름답군.'

여지명은 여인의 아름다움에 새삼 찬탄을 금치 못했다. 은자각의 각주로 지내면서도 이토록 아름다운 여인은 처음 봤던 것이다. 문득 그의 표정이 몽롱하게 변해 갔다.

'의협심을 참지 못해 나선 의문의 여인. 하지만 적들의 비겁한 암수에 위험에 처하고 결국 무공을 감추고 있던 내가 나서서 도와주게 된다. 그로 인해 두 사람의 눈빛이 마주치고······.'

여지명은 말로만 듣던 상황이 자신에게도 벌어질 수 있다는 생각에 야릇한 감정이 들었다. 그때 여인은 여지명의 멱살을 잡았던 사내의 바로 앞으로 다가가더니 천천히 위아래를 살폈다.

흑룡파의 부두목인 공칠은 눈이 번쩍 뜨일 정도로 아름다운 여인이 자신의 위아래를 훑어보자 자신도 모르게 긴장

했다.

 이윽고 여인의 입가에 한 줄기 환한 미소가 그려졌다. 그건 마치 화려한 꽃이 아름답게 만개한 거 같아 절로 가슴이 두근거렸다.

 여인의 입이 열렸다.

 "당신… 체격이 건장한 게 마음에 들어요. 어때요? 이번에 본 문파가 문도를 모집하는데 들어올 생각이 있나요? 본 문은 사방이 산으로 둘러싸여 있는 천혜의 환경을 자랑하는 곳에 위치해 있어요. 물론 숙식 제공은 기본으로 해 드리고요, 원하신다면 최고의 무공도 전수 가능해요. 그리고 지금 들어오시면 높은 자리에서부터 시작하실 수 있어요. 밑에서부터 치고 올라올 필요가 없다니까요. 어때요? 저희 문파에 들어오시면 이 모든 혜택을 누리실 수 있는 거예요."

 공칠을 포함해 주위의 모든 사람들이 어안이 벙벙한 표정을 지었다. 거짓말처럼 나타난 아름다운 여인이 돌연 자신의 문파로 들어오라는 권유를 하고 있는 것이다. 그것도 자세히 들어 보니 미심쩍기 이를 데가 없었다. 사이비 문파가 순진한 사람들을 끌어모으는 데 사용하는 문구가 아닌가.

 공칠이 대답하지 않고 멍한 표정을 짓고 있자 여인의 시선이 옆으로 향했다. 그곳에는 공칠의 부하가 서 있었다. 사내의 얼굴에는 온갖 흉터가 가득했는데, 여인은 앞으로 성큼 걸어가더니 말했다.

"당신… 얼굴에 흉터가 많은 게 정말 남자답게 생기셨군요. 어때요? 이번에 본 문파가 문도를 모집하는데 들어올 생각이 있나요? 본 문은 사방이……."

"찾았다."

"나 언니!"

그때 두 소녀가 나타나더니 열심히 설명하고 있는 여인의 양팔을 한쪽씩 잡아챘다. 그러고는 여인의 발이 질질 끌리도록 데려가기 시작했다.

"나 언니! 조금 신기한 사람들마다 찾아가서 문파 가입 권유 좀 그만하세요."

"벌써 몇 번째인 줄 아세요?"

그렇게 여인은 나타났을 때와 마찬가지로 갑작스럽게 사라져 갔다.

'대체 무슨…….'

여지명은 그저 지금의 상황이 황당하기만 했다. 그때 공칠이 부하들과 여인이 사라진 방향을 보면서 수군거리는 거 같았다. 이윽고 그들은 상납금을 모두 걷지도 않은 채 급히 어딘가로 사라졌다.

그걸 본 여지명의 눈빛도 묘하게 번뜩였다.

✼ ✼ ✼

"그 사람들 마음에 들었는데······."

나예설의 이런 말에 상유란과 서문단려는 동시에 한숨을 쉬었다.

"나 언니, 문도를 모으려는 마음은 이해하지만 아무나 데려가려고 하지 마세요."

"저도 그렇게 생각해요."

"어머, 나도 나름대로 심사숙고해서 모집하는 거란다."

상유란이 물었다.

"조금 전에 그 사람들은 어디가 마음에 드신 거예요?"

"재밌게 생겼잖아."

"그게 다예요?"

"응."

서문단려가 입을 열었다.

"장사꾼들한테 돈을 뜯어내는 나쁜 사람들로 보였어요."

"괜찮아. 본 문에 들어오면 절대 그런 짓을 못할 테니."

나예설이 이렇게까지 말하니 상유란과 서문단려는 더 이상 반박하지 못했다.

나예설은 빙그레 웃으며 말했다.

"이렇게 세상을 걸어가다 보면 스쳐 지나가는 숱한 인연들이 있단다. 얕은 인연이 있고 깊은 인연이 있어서 그 인연들로 인하여 알게 모르게 자신도 변화하게 되는 것이지. 고운 만남이 있다면 나쁜 만남도 있을 것이고, 인연이 아닐 줄 알았던 얕은 인연이 깊은 인연이 되어 다가올 수도 있단다. 그로 인해 행복을 느끼기도 하고 아픔과 함께하기도 하겠지. 보거라. 숱한 인파 속에서 누가 자신과 인연이 있는지 알 수 있겠니? 나는 저 속에서 하나의 인연을 찾아 함께한다면 세월이 흐르고 흐른 뒤 내 이런 노력들이 헛되지 않아 본 문이 꽃처럼 화려하게 만개하리라 믿는단다."

"아……."

상유란과 서문단려는 이런 나예설의 말에 크게 감명을 받은 듯했다. 하지만 그것도 잠시, 상유란은 아직 포기하지 않았다.

"그래도 아무나 붙잡고 문파 가입을 권유하는 건 안 돼요."

"알았어……."

나예설은 어쩔 수 없이 고개를 끄덕였다. 서문단려가 그런 그녀의 손을 끌었다.

"어서 돌아가요."

일행은 이곳에서 가장 큰 객잔인 무천 객잔을 통째로 빌렸다. 그건 무천 객잔이 금황벌이 운영하는 객잔 중 한 곳이기에 가능했다. 무천 객잔은 수백 명이 한꺼번에 묵을 수 있을 정도로 큰 곳이기에 매화질풍대와 일행이 숙식을 해결하기에는 충분했다.

그렇게 무천 객잔을 향해 돌아가다 문득 상유란의 걸음이 멈췄다. 그녀의 시선이 현판에 만월 객잔이라 적힌 곳으로 향해 있었다.

서문단려가 물었다.

"왜?"

"저기… 음식도 맛있지만 술이 아주 기가 막혀."

"여기서 먹고 가자고?"

상유란은 나예설에게 물었다.

"나 언니, 어떠세요?"

"하지만 옥정이랑 우궁이가……"

"저곳에 파는 술 중에는 사부님의 자천감로주와 비견될 만한 술도 있어요. 어, 어… 나 언니!"

상유란은 당황했다. 나예설이 어느새 만월 객잔 안으로 들어서고 있었기 때문이다. 그녀는 서문단려와 함께 재빨리 그런 그녀의 뒤를 쫓았다.

만월 객잔 안은 야시장으로 인해 사람들이 넘쳐흘렀다.

점소이들은 술과 음식을 나르느라 분주한 모습이었다.

일단의 손님이 객잔 안으로 들어왔다. 상유란과 서문단려, 그리고 나예설이었다.

한 점소이가 다가가 자리를 잡아 주며 미소를 지었다.

"손님들, 뭘 드릴까요?"

상유란이 말했다.

"만보채랑 송화피단, 그리고 백초주 두 병 주세요."

"그런데… 이건 정말 혹시나 해서 말씀드리는 겁니다. 만보채랑 송화피단도 그렇지만 백초주가 여간 비싼 게 아니라서……."

점소이는 조심스럽게 대답할 수밖에 없었다. 백초주는 만월 객잔이 자랑하는 술이나 한 병당 은자 4냥이나 할 정도로 비싼 술이었기 때문이다. 그런 술을 아직 어린 소녀가 아무렇지도 않게 주문하자 넌지시 경고한 것이다.

그러나 상유란은 이미 백초주의 가격을 알고 있었다.

"백초주가 한 병에 은자 넉 냥이었죠?"

"아… 예, 알고 계시는군요."

"걱정 말고 가져와요. 혹시 이백초주는 없나요?"

점소이는 상유란이 만월 객잔의 단골 중 몇 명만이 알고 있는 이백초주까지 언급하자 더 이상 돈에 대해서 의심하지 않았다.

"이백초주는 내년에나 돼야 내놓을 수 있습니다."

"아쉽지만 어쩔 수 없죠. 처음 주문한 거나 가져와요."

"예. 여기 차를 드시면서 잠시만 기다려 주십시오. 최대한 빨리 준비해 올리겠습니다."

점소이가 물러나자 나예설이 물었다.

"정말로 여기 백초주가 괜찮아?"

"그럼요. 예전에 몇 번 할아버지가 마시게 해 줬는데 괜찮

앉어요. 그러다 이곳에 직접 데려오셔서 이백초주라는 것도 맛보게 해 주셨어요. 그것도 정말로 맛이 끝내줬어요. 하지만 정말로 이백 가지의 약초가 들어가는지라 마실 수 있게 숙성시키려면 많은 시간이 필요하댔어요. 그래서 돈이 있어도 때를 맞추지 못하면 마시지 못한대요."

"조 공자의 자천감조주보다 맛있어?"

"솔직히 백초주는 사부님의 술보다 맛이 떨어지는 게 사실이에요. 하지만 이백초주는 충분히 비견될 만해요. 제가 언젠가 꼭 마시게 해 드릴게요."

"고마워."

그때, 서문단려는 객잔의 수많은 사람들이 어느 한 곳에 몰리며 크게 술렁거리고 있다는 것을 깨달았다. 그에 호기심이 절로 일어 시선을 돌렸다.

그녀는 어떤 사람을 발견하고는 살짝 미소 지었다.

"저 아저씨는… 여전하구나."

서문단려의 눈동자에 대여섯 사람들에게 둘러싸인 채 한껏 거드름을 피우고 있는 중년인이 들어왔다.

그는 통통한 얼굴에 턱수염을 기르고 있어 익살스럽게 생겼다.

상유란이 물었다.

"아는 사람이야?"

"기억 안 나? 예전에 비무 대회에 참가할 때 사부님과 함께 며칠간 객잔에서 지냈잖아. 그때 사람들에게 무림의 정보 같은 걸 이야기해 주던 입담꾼이었잖아."

"모르겠어."

나예설도 궁금한 표정을 지었다.

"입담꾼?"

"한마디로… 무림의 소식에 해박한 사람이에요."

"단려야, 너는 그때가 반 년 전인데 잠시 본 사람을 기억한단 말이야?"

"특이했던 사람만 기억할 뿐이야."

"그래도 대단해."

상유란은 순수하게 감탄했다. 세 사람의 시선이 서문단려가 말한 입담꾼에게 향했다.

"이보게, 오늘은 어떤 소식이 있는가?"

"아, 아, 조금 기다리게나. 먼저 목이나 좀 축이고 이야기를 하세나."

난귀는 애타는 표정으로 자신을 바라보는 일행들을 한 번씩 훑어봤다. 저렇게 자신을 향해 있는 궁금증 가득한 시선을 즐기는 것은 예나 지금이나 흥겨운 취미였다. 그는 한 모금 술을 들이켠 후 천천히 입을 열었다.

"지금 무림에는 수많은 소문과 억측들이 나돌고 있지만 그 중에서 주목해야 할 소식은 단 한 가지라네."

"그게 무엇인가?"

"마교가 나타났다네. 한 번 나타날 때마다 천하를 피바다에 잠기게 했던 그 마교가 말일세."

"정말인가?"

"마교라니……. 허어, 큰일이로군."

난귀는 크게 술렁거리는 사람들을 보며 입을 열었다.

"그런데… 지금 이 마교와 싸우고 있는 세력이 있다고 하네. 혹시 마도련이라고 들어 봤는가?"

"마도련?"

"처음 듣는 이름인데……."

"마도련은 역사가 깊은 단체라네. 지금도 전설로 일컬어지는 위대한 무신들 십천좌! 그들 중 한 명인 파천수라제 손괴량의 후손들이라고 한다네."

"대단한 세력이군. 그런데 왜 그들이 마교와 싸우게 된 건가?"

"그건 현 마도련의 련주 때문이라고 한다네. 그의 이름은 화광무. 나이도 서른 초반이라고 알려졌지. 또한, 그는 불의를 보면 결코 참지 못한다고 한다네. 그는 마교가 발호하면 천하가 피에 잠길 것을 우려해 분연히 일어섰다네. 천하를 위해 직접 마도련을 이끌고 마교와 부딪친 거지."

"마도련이 마교를 상대할 만큼 강하단 말인가?"

"그건 아닌 거 같다네. 마도련이 마교에 밀리고 있다는 소문이 있다네. 더욱이 마도련은 마교와 싸우기 전에 혈사천교와도 한 번 충돌이 있었다네. 혈사천교에 대해서 말하자면, 그들은 백 년 전 광서와 광동을 혈풍에 휩싸이게 만든 마문이라네. 그들은 사이한 마공으로 사람들을 현혹시켰으며 반항하는 이가 있으면 잔혹하게 죽여 버렸지. 특히, 강시를 제조해 광동 일대를 피로 휩쓸었다네. 그러자 광동 일대와 주변의 모든 정파들이 힘을 합쳐 혈사천교를 멸문시키기에 이르렀네. 하나, 혈사천교의 잔당들은 양산 깊숙한 곳에 은신해 지금까지 힘을 키워 왔다네. 언젠가는 자신들을 쫓아낸 정파들에게 피의 복수를 하기 위해서 말일세. 바로 그 혈사천교도 마도련이 없애 버렸다네."

사람들은 놀라움을 감추지 못했다.

"대단하군."

"참으로 정의로운 세력이 아닌가."

"그야말로 영웅이라 할 수 있겠군."

"그런데 정작 무림의 평화를 수호한다는 무림맹은 대체 무엇을 하고 있는 것인가?"

난귀는 한 차례 숨을 고른 뒤 말했다.

"그게… 지금 무림맹은 혼란에 빠져 있다네. 마교가 발호한 것도 놀라운 소식이고 이런 마교와 싸우고 있는 단일 세력이 있다는 것도 믿기 어려운데, 하필이면 그 세력이 마도련이라는 말일세. 예전에 마도련이 금황벌을 습격한 적이 있다네. 천하의 돈이 모두 모여 있다는 금황벌을 말일세. 그

때문에 금황벌은 엄청난 피해를 입었고, 마도련을 응징하기 위해 무림맹까지 움직였다고 한다네. 바로 그런 마도련이 마교와 싸우고 있다고 하니 무림맹으로서는 혼란스러운 거지."

"아니, 마도련은 왜 금황벌을 습격한 것인가?"

"그것참 이상하군."

"나도 거기까지는 정확한 이유를 알 수 없다네. 그저 한 가지 알 수 있는 건, 그 습격을 명령한 사람은 마도련의 현 련주인 화광무가 아닌 전 련주라고 한다네. 전 련주는 아주 포악했다고 하더군. 그래서 화광무가 그런 전 련주를 내쫓고 마도련을 차지했다고 한다네. 그 뒤로 마도련을 이끌고 의로운 일을 한 거고."

사람들은 그제야 아! 하는 표정과 함께 고개를 끄덕였다. 난귀는 그들의 표정에 흐뭇한 미소를 머금으며 천천히 입을 열었다.

"어쨌든 그 때문에 지금 무림맹은 마도련과 손을 합쳐 마교와 싸우려고 해도 금황벌이 걸린다는 거지. 하지만 언제까지 방관만 할 수는 없지 않겠는가. 그래서……."

난귀의 이야기를 계속해서 이어졌고 사람들은 귀를 기울이며 들었다.

"흥미로운 이야기구나. 저 사람도 우리 문파로 들어오게 가입 권유를 해 볼까?"

나예설은 아무래도 난귀가 마음에 드는 듯했다. 하지만 두 소녀를 바라본 그녀는 곧 의아한 표정을 지었다. 상유란과 서문단려가 뭐라 형용할 수 없는 표정을 짓고 있었기 때문이다.

상유란이 먼저 입을 열었다.

"그 화광무가……."

서문단려가 신음하듯이 말했다.

"영웅이라고?"

두 소녀는 황당함을 감출 수가 없었다. 마도련과 화광무에 대해 조금이나마 알고 있는 상유란과 서문단려였다. 자신들도 그들의 싸움에 휘말려 죽을 고생을 하지 않았던가.

그렇기에 마도련이 원래는 천하 제패를 노렸고 화광무도 마찬가지였다는 걸 두 소녀는 알고 있었던 것이다. 한데, 그런 마도련과 화광무가 마교와 싸우고 있다고 하니 믿기지가 않았다.

상유란이 물었다.

"혹시 이름만 같은 거 아닐까?"

"그건 아닌 거 같아. 아까 너희 집에 관한 이야기도 나왔었잖아."

"아… 그랬지."

"마교와 싸우다니……."

"단체로 미친 게 틀림없어."

"나도 동감."

"무슨 이야기니?"

나예설이 궁금증을 참지 못하고 끼어들었다. 상유란이 차분히 설명했다.

"저희가 예전에 사부님과 비무 대회에 참가하기 위해 세상 밖으로 나갔을 때 겪었던 일을 말했었죠? 그때 사부님과 우리들의 목숨을 노리던 자들이 바로 마도련이에요."

"아……."

그제야 나예설은 무언가가 떠오르는 듯했다. 서문단려가 입을 열었다.

"제가 다시 한 번 자세히 설명해 드릴게요."

그때 마침 음식과 백초주가 나왔다. 그러자 상유란의 표정이 일순 진지하게 변하더니 왼쪽 위를 바라보며 말했다.

"마령 언니도 함께 먹어요."

서문단려도 그녀의 시선을 따랐다.

"그렇게 해요."

두 소녀는 마치 마령이 어디에 은신해 있는지 알고 있는 듯했다. 하지만 나예설은 살짝 고개를 갸웃거리더니 오른쪽 위를 바라봤다.

"저기에 계신데?"

그녀의 말이 끝남과 동시에 마령이 오른쪽에서 유령처럼 나타나더니 의자에 앉았다.

상유란은 아깝다는 듯이 말했다.
"마령 언니가 숨은 곳을 맞힐 수 있었는데."
서문단려가 능청스럽게 입을 열었다.
"나는 사실 오른쪽 위가 의심스러웠어."
"거짓말."
"너를 믿는 게 아니었어."
"치사하게."
"자자, 이제 먹자꾸나."
나예설의 말에 두 소녀는 언제 다퉜냐는 듯이 젓가락을 들었다. 그렇게 네 사람은 음식과 술을 먹으며 함께 이야기를 나눴다.

제7장
이봐, 동정은 하지 말아 줬으면 좋겠군

슈우우욱!

새파란 불꽃의 꼬리를 달고 떨어지는 한 조각 유성(流星)이 있다. 머리 위로 와르르 쏟아질 것만 같은 별 무리와 달빛이 아름다웠다.

나예설은 홀로 산보를 하고 있었다. 상유란과 서문단려는 잠들었다. 원래라면 무천 객잔에서 잠을 자야 했지만 술과 음식을 먹으며 담소를 나누는 데 열중하다 보니 어느새 밤이 깊었다.

그래서 만월 객잔의 별채를 빌려 하루를 묵기로 했다. 한데, 그걸 어떻게 알았는지 20명 정도의 매화질풍대가 찾아와 경계를 섰다. 하지만 몰래 빠져나가는 나예설의 움직임을 알아차리지는 못했다.

 하늘은 아름다웠지만 그 아래는 음산했다. 야시장이 끝나자 모든 상점들이 사라졌고, 낡아 삐거덕거리는 건물과 짙은 어둠만이 존재했다. 가끔 불어오는 차가운 바람은 오싹한 느낌마저 들게 만들었다.

 그러나 나예설은 이런 거리도 마음에 들었다. 날이 밝으면 닭이 울고 부지런한 사람들에 의해 집에 연기가 피어오른다. 수많은 사람들이 움직이고 이윽고 거리는 다시 활기를 되찾게 될 것이다.

 나예설은 언젠가 천강신문도 그리될 거라 믿고 있었다. 아니, 자신이 그렇게 만들 것이다.

 그녀는 새삼 각오를 다지며 신형을 돌렸다. 다시 거처로 돌아갈 생각이었다.

 그러나 채 서너 걸음을 움직이기도 전에 멈춰야만 했다. 어느새 한 사내가 앞을 막아서고 있었기 때문이다.

 나이는 서른 후반으로 보이는 사내로, 청색의 무복 속에 감추어져 있는 체격은 잘 발달된 근육질과 단단한 어깨선을 보여 주고 있어 남성미가 물씬 풍겼다.

 그러나 물기에 젖은 듯 반짝이며 연신 움직이고 있는 두 눈을 자세히 들여다보면 지극히 영활하고 교활한 느낌을 받을 수 있었다.

 사내는 나예설을 보고는 두 눈을 휘둥그레 뜨더니 이내 웃음을 터트렸다.

"하하하! 이거 대단하군그래."

"헤헤, 제가 말씀드렸잖습니까."

흑룡파의 두목인 곽구가 공손한 자세로 대답했다. 연이어 백 명에 달하는 사내들이 모습을 드러냈다. 그들은 나예설이 도망치지 못하게 원을 그리며 포위했다.

그럼에도 나예설은 태연하기만 했다. 오히려 다른 걸 걱정하는 거 같았다.

"유란이와 단려가 혼자 나갔다가 이런 일이 벌어졌다는 걸 알면 틀림없이 화낼 텐데……."

"흐흐, 걱정 말거라."

"왜 그렇죠?"

사내는 탐욕이 가득한 얼굴로 대답했다.

"다시는 만나지 못할 테니 말이다."

나예설은 고운 미간을 살짝 찌푸렸다.

"그런데 당신은 누구죠?"

"앞으로 너를 귀여워해 줄 나리시다."

"거절하겠어요."

"걱정 말거라. 지금까지 많은 여자들이 거절했지만 결국은 좋아서 비명을 질렀으니."

나예설은 고개를 갸웃거렸다.

"그게 무슨 뜻이죠?"

"흐흐, 이것 봐라. 참으로 순진한 여자로군. 앞으로 가르치는 재미가 있겠어."

"저는 당신한테 배울 게 없어요."

"한 번 내 품에 안기면 좋아서 떨어지기 싫어하게 될 것이다."

"제가 왜 당신 품에 안겨야 하죠? 그보다 이제 그만 돌아가고 싶군요. 그러니 길을 비키세요."

"그럴 수야 없지."

그때 곽구가 나섰다.

"저에게 맡기십시오. 잡아서 저희 거처로 데려다 놓겠습니다."

"상처가 나지 않게 조심하도록."

"당연하죠. 그리고……."

"큰 선물을 받았으니 그에 따른 보답을 해야지. 앞으로 일 년간은 너희 뜻대로 움직여 주마. 그 정도면 저 계집과 충분히 즐길 수 있을 테니."

"감사합니다."

곽구는 희희낙락한 표정이었다. 눈앞의 사내의 정체는 불문색귀(不問色鬼) 묵양제였다.

묵양제는 뛰어난 무위를 지녔으나 강제로 여인을 취하는 색마였다. 그에게 욕보이고 죽은 무림의 여식만 해도 10명이 넘었다. 평범한 백성들의 피해는 더욱 심했다. 그래서 관가에서도 현상금을 걸고 있었다. 거기에 묵양제는 무림맹이 선포한 수많은 무림공적 중 한 명이기도 했다.

무림공적을 죽이거나 생포하면 무림맹은 그에 따른 대가를 지불한다. 그것은 돈이기도 하고 무공 비급일 때도 있었다. 주로 무림공적에게 원한을 지닌 이들이 무림맹에 대가를 맡기기 때문이다.

그럼에도 묵양제가 아직 무사한 건 뛰어난 무위도 있지만 한 곳에 정착하지 않고, 천하를 떠돌며 주로 뒷골목의 삼류 문파에 몸을 의탁했기 때문이다.

그런 와중에도 그들의 요구를 들어주는 대신 여인을 대가로 받아서 취했다. 그러다 낌새가 이상하면 추적자를 죽이거나 도망치기를 반복했다.

그런 묵양제가 석 달 전에 바로 이곳 흑룡파를 찾아왔다.

그때까지만 해도 흑룡파는 뒷골목을 장악하고 있는 서혈파와 마왕파에 밀려 간신히 명맥만 유지하고 있는 상황이었다.

이런 와중에 묵양제의 출현은 흑룡파에게는 호기나 다름없었다. 그래서 곽구는 묵양제가 원하는 여자를 구해 줬다. 그걸 위해 납치도 불사했다.

묵양제는 그 대가로 서혈파를 치는 데 큰 도움을 줬다. 곽구는 손쉽게 서혈파를 흡수하는 데 성공했다. 그는 이 기세 그대로 마왕파도 쳐서 이곳을 완벽하게 장악하려고 했다.

그러나 묵양제는 그 대가로 아름다운 여인을 원했다. 그래서 몇 명의 여인을 구해 줬으나 그는 만족하지 못했다.

그때 상납금을 걷으러 갔던 공칠이 아름다운 여인을 발견했다는 소식을 전해 왔다.

곽구는 당장 묵양제를 찾아가 아름다운 여인을 발견했다며 마왕파를 치는 데 도움을 준다면 넘겨주겠다고 약속했다. 그러자 묵양제는 직접 확인한 뒤에 결정하겠다며 이곳까지 함께한 것이다.

그런데 여인은 상상 이상으로 아름다웠고, 묵양제는 1년간이나 협력을 약속했다.

'내가 이곳 뒷골목의 제왕이 되는 것이다.'

곽구은 내심 환호를 지르며 부하들에게 눈짓했다. 그러자 두 명의 부하가 무슨 일인지 잠시 주춤거리다가 나예설에게 다가갔다. 한데, 자신에게 다가오는 두 사내를 바라보는 나예설의 눈빛이 빛났다.

"당신들, 낮에 만났던 사람들이군요. 어때요? 지금이라도 늦지 않았어요. 본 문파에 들어오시는 게 어떠세요?"

두 사내는 나예설이 설마 이런 상황에서도 낮에 자신들에게 했던 권유를 할 줄은 몰랐던지라 다시금 어안이 벙벙한 표정을 지었다. 그걸 본 나예설은 이상하다는 듯이 고개를 갸웃거렸다.

"왜 제가 문파 가입을 권유하면 하나같이 그런 표정을 짓는 걸까요……."

묵양제가 웃으며 말했다.

"흐흐, 너처럼 아름다운 계집이 권유하는 문파라니……. 내가 특별히 들어가 주지. 아, 물론 이놈들과의 계약이 끝나면 말이야."

"당신은 거절하겠어요."

"뭐라?"

"당신은… 그래요, 유란이의 말을 빌려서 말하자면 입맛 떨어지게 생겼어요."

순간 곽구를 비롯해 흑룡파의 사내들 중 일부분이 술렁거렸다. 터져 나오려는 웃음을 간신히 참는 것만 같았다. 그러자 묵양제가 살기 어린 눈빛으로 주위를 훑어보며 말했다.

"이를 보이는 놈이 있으면 죽여 버린다."

묵양제의 경고에 주위는 다시 무겁게 가라앉았다. 이어 그의 시선이 나예설에게 향했다.

"이 계집이 얼굴 좀 반반하다고 오냐오냐해 주니까 세상 무서운 줄 모르는구나. 곽구."

"예… 예."

"마왕파는 다음에 친다. 오늘은 손수 이 계집의 버릇을 고쳐 줘야겠다."

"하지만……."

"지금 내 말에 토를 다는 것이냐?"

"아, 아닙니다. 제가 어찌 묵 대협의 뜻을 거절하겠습니까.

묵 대협만 계시면 마왕파야 언제든지 끝낼 수 있습니다. 암, 그렇고말고요. 뭐 하느냐. 어서 저 계집을 잡아라!"

그러자 가까이 다가갔던 두 사내가 나예설을 덮쳤다.

'이제 내가 나설 때인가.'

100여 명에 달하는 묵양제의 부하들 중 한 명이 금방이라도 움직일 듯이 몸을 들썩거렸다. 그는 이곳 야시장에서 꿀을 바른 사과를 팔고 있고, 한편으로는 은자각의 각주이기도 한 여지명이었다.

여지명은 낮의 일을 겪은 후, 이곳 암흑가를 장악하고 있던 서혈파가 어떻게 흑룡파에게 무너졌는지 알기 위해 직접 움직였다.

그렇게 알아낸 정보는 놀라웠다.

흑룡파에 무림맹의 공적인 묵양제가 숨어 있었던 것이다. 당장 무림맹에 긴급 보고를 올렸지만 묵양제를 처리할 만한 고수들이 도착하려면 적어도 5일의 시간이 필요했다.

여지명이 직접 처리하고 싶어도 애초에 은자각의 사람들은 무공이 강하지 않았다. 은신과 경신술, 그리고 기타 잡술에 대해서만 뛰어날 뿐이었다. 각주인 여지명도 마찬가지였다. 그의 무위는 흑룡파 정도는 쉽게 처리할 수 있으나 묵양제는 상대하기가 불가능했다.

여지명은 왜 묵양제가 흑룡파에 숨어 있는지 제대로 파악하기 위해 직접 움직였다. 흑룡파 깊숙이 침투해 정보를 수집했다. 그의 은신술은 은자각의 역사상 가장 뛰어나다는 평가를 받고 있었다.

그렇기에 설사 묵양제라 할지라도 여지명의 은신을 알아차리지 못했다.

그러다 여지명은 야밤에 묵양제를 비롯해 흑룡파의 모든 사람들이 움직이는 걸 파악했다. 그는 흑룡파의 부하들 중 한 명을 몰래 제압해 숨겨 놓은 뒤 똑같이 분장을 한 후 잠입했던 것이다.

한데, 묵양제와 흑룡파가 노리는 건 바로 낮에 봤던 아름다운 여인이었다.

여지명은 상상했다. 자신이 뛰어들어 여인을 구출한 뒤 사력을 다해 도망치는 모습을. 그리고 그런 두 사람의 뒤를 쫓는 흉악한 악당들. 그는 여인을 위해 죽음을 불사하고 결국 악당들을 따돌릴 수 있게 된다. 여인은 자신을 위해 목숨까지 바친 여지명에게 한눈에 반하게 되는 것이다.

'완벽해. 이건 정말 완벽하다는 말밖에 할 수가 없어.'

여시명은 내심 흐뭇하게 웃으며 몸을 움직이려고 했다. 하지만 그는 곧 무언가를 발견하고는 멈칫거렸다. 여지명의 두 눈이 커졌다. 여인을 덮쳤던 두 사내가 뒤로 튕겨져 나갔기 때문이다.

"으악!"

 나예설을 잡으려고 했던 두 사내는 미처 손이 닿기도 전에 무언가에 휘말린 듯 뒤로 튕겨져 나가 버렸다. 그걸 본 곽구의 안색이 변했다.

 "무인?"

 어쩐지 깊은 야밤에 혼자 나와 있는 거부터 이상했다. 더욱이 이토록 많은 사람들이 포위했음에도 처음부터 여유로웠지 않은가.

 '어떤 무가의 여식인가……'

 곽구는 덜컥 겁이 났다. 뒷골목에서야 힘을 주고 산다지만 무림인과 잘못 엮였다가는 벌레가 밟히듯이 순식간에 사라져 버린다는 걸 알고 있기 때문이다. 묵양제 한 명의 출현으로도 벌써 뒷골목이 혼란에 빠져 버렸지 않은가.

 이렇듯 곽구가 당황하자 묵양제가 직접 나섰다.

 "제법 쓸 만한 무공을 지녔군. 그러니 더 갖고 싶어."

 묵양제는 지금까지 원하던 모든 것을 취했다. 가지고 싶은 건 가지고, 범하고 싶은 건 범하는 욕망. 무엇보다 그것에 충실한 게 바로 묵양제였다.

 묵양제는 나예설을 아래에서 위로 한 차례 훑어보더니 혀로 입술을 적셨다.

 "너를 사로잡은 뒤 마음껏 범해 주마."

 나예설은 자신을 바라보는 묵양제의 시선에 온몸에 벌레

가 기어가는 듯한 소름을 느꼈다. 그녀의 눈빛이 차갑게 가라앉았다.

"천강신문의 문주로서… 무례를 범한 대가를 치르게 해 드리죠."

나예설의 희디흰 옥수가 춤을 추듯 교차되었다. 동시에 묵양제는 가슴팍을 향해 덮쳐 오는 섬뜩한 경기에 재빨리 신형을 휘감으며 우측으로 피했다. 하지만 그것은 마치 눈이 달리고 살아 있는 듯이 가슴팍으로 파고들었기에 그는 재빨리 쌍장을 내뻗어 맞부딪쳤다.

콰쾅!

엄청난 폭음이 일었다. 묵양제의 신형이 뒤로 주르르 밀려 나갔다.

"핫!"

한 소리 냉갈과 더불어 나예설의 몸이 한 줄기 빛살처럼 허공을 갈랐다. 동시에 그녀의 양손에서 백광이 날벼락처럼 쏟아져 나왔다.

나예설이 그렇게 공세를 발출한 직후, 묵양제는 신형을 환영처럼 움직이며 쌍수를 기쾌무비하게 번뜩였다.

콰쾅!

두 줄기 경력이 허공에서 격돌하며 또 한 차례 폭음이 터졌다.

"으음."

그와 함께 묵양제는 답답한 신음을 흘리며 뒤로 빠르게 튕겨 나갔다. 나예설은 묵양제가 미처 땅에 닿기도 전에 처음보다 수배의 빠르기로 재차 덮쳐 갔다.

 그녀의 옥수가 춤을 추듯이 움직이더니 마치 환상처럼 10여 개로 나뉘어졌다. 그건 사방을 포위하며 묵양제를 노려 갔다.

 그는 전신을 덮쳐 오는 나예설의 옥수를 하나하나 침착하게 쳐 냈다.

 두 사람의 무공이 서고 부딪침으로써 휘몰아치는 경기의 폭풍으로 인해 주위의 흙먼지가 휘말려 나갔다. 그리고 격전이 거듭될수록 묵양제는 서서히 밀리기 시작했다.

 '이런, 빌어먹을.'

 그는 내심 경악을 금치 못했다. 자신이 범하려고 했던 여인이 실은 엄청난 무위를 지닌 고수였던 것이다. 아니, 자신은 지금 전력을 다하고 있음에도 눈앞의 여인은 어딘가 여유로워 보였다.

 구유음풍강(九幽陰風罡)을 바탕으로 하는 철환마영권(鐵煥魔影拳)을 전력을 다해 펼쳤으나 여인의 공세에 번번이 무산되고 있었다. 이제는 오히려 여인의 공세에 죽어라 방어해야만 했다.

 '이대로는……'

 묵양제는 입술을 질끈 깨물었다.

그러던 어느 한순간, 섬전처럼 번뜩이던 나예설의 전신에서 투명한 백광이 자욱이 뿜어져 나오더니 엄청난 기세로 묵양제를 향해 쏘아 가고 있었던 것이다. 이미 피하긴 늦었음을 직감한 묵양제는 전신 내공을 끌어 올려 후려쳤다.

쿠콰쾅!

엄청난 폭음이 울려 퍼졌다.

"우욱!"

묵양제는 온몸이 부서지는 듯한 극통을 느끼며 뒤로 거세게 튕겨 나갔다. 목구멍에 차오른 핏덩이를 억지로 삼켰다. 하지만 숨 돌릴 겨를도 없이 나예설의 공세가 재차 폭풍처럼 휘몰아쳤다.

이때 묵양제의 두 눈 어둑한 곳에서 한 줄기 기이한 광채가 피어올랐다.

그리고 나예설의 손끝에서 소리도 없이 한없이 맑고도 포근한 기운이 뿜어졌다.

이윽고 상상을 초월하는 거대한 힘이 마치 소용돌이치듯이 묵양제를 향해 휘몰아쳤다.

"그윽."

묵양제는 눈을 뜨기조차 힘들 정도로 휘몰아치는 힘의 폭풍에 대항해 구유음풍강을 사력을 다해 끌어 올렸다. 그러고는 오히려 나예설의 기운에 뛰어들었다. 곧 무시무시한 힘의 압력에 전신 여기저기가 터져 나갔다.

그럼에도 묵양제는 한 걸음, 한 걸음 앞으로 나아갔다. 그러다 나예설과 어느 정도 가까워지자 철환마영권의 최절초 철패권강을 펼쳤다.

번쩍!

마치 태양이 폭발하는 듯한 섬광과 함께 묵양제의 두 주먹에서 무시무시한 힘이 폭발했다. 그건 나예설의 힘에 그대로 부딪쳤다.

쿠콰콰쾅!

두 줄기의 상이한 경력이 맞부딪치면서 엄청난 굉음이 터져 나왔다. 그와 동시에 묵양제의 입에서 한 줄기 피가 뿜어졌다. 한데, 교묘하게도 그것은 나예설의 왼쪽 어깨를 향했다.

나예설도 조금 전의 격돌도 충격이 있었던 터라 별생각 없이 피하지 않고 오른손으로 막았다.

하지만 그것은 실수였다. 묵양제의 입에서 뿜어져 나온 핏줄기 속에는 어린 아기의 머리카락만 한 비침이 숨어 있었던 것이다. 이윽고 오른손에 핏줄기와 비침이 함께 덮쳤다.

묵양제의 얼굴에는 회심의 빛이 어렸다. 자신만의 마지막 암수. 우연히 입수하게 된 당가의 암기 자오침(子午針). 거기에는 오보추혼산(五步追魂散)이 묻어 있었다.

묵양제는 이걸 서역에서 구한 가죽에 감싼 채 가장 안쪽 어금니에 실로 묶어 삼키고 있었던 것이다. 언젠가 자신의 목숨을 구해 줄 것이라 믿으며. 오보추혼산은 그 독도 지독하지만 산공독도 함유되어 있어 아무리 강대한 힘을 지닌 무인이라도 저항하지 못한다.

"하하하, 이제 너도……."

묵양제은 대소를 터트리다 무언가를 발견하고는 두 눈을 부릅떴다. 그가 내뱉은 핏줄기와 비침이 허공에 떠 있었던 것이다.

나예설이 살짝 손바닥을 휘젓자 핏줄기와 비침이 서로 나뉘진 채 허공에 둥실 떴다. 이어 그녀가 다시 손바닥을 휘젓자 핏줄기가 묵양제를 향해 송곳처럼 쏟아져 나갔다.

"크윽!"

묵양제는 사력을 다해 옆으로 몸을 날렸다. 핏줄기는 아슬아슬하게 비켜 지나갔다. 그는 다시 고개를 들었고 거짓말처럼 멈췄다.

어느새 덮쳐 온 비침이 묵양제의 눈동자 바로 앞에 멈춰 있었기 때문이다. 조금이라도 움직이면 눈동자에 파고들 것만 같았다.

묵양제는 차마 눈동자도 깜빡일 수가 없었다. 그는 전신을 부들부들 떨며 애원했다.

"사, 살려 주시오……."

묵양제는 살기 위해서 라면 언제든지 자존심을 버릴 수 있었다. 지금의 치욕은 살아 있는 한 되갚아 줄 수 있다고 생각하기 때문이다.

 그 방법이 아무리 사악해고 천하의 지탄을 받는다 할지라도 결국 마지막에 웃는 자가 승자인 것이다. 그래서 묵양제는 주변에 하인처럼 부리던 흑룡파의 사람들이 지켜보는 와중에도 무릎을 꿇을 수가 있었다.

 '저놈들이야 나중에 한 명도 남김없이 없애 버리면 되니까……'

 묵양제는 이런 지금의 자신이 너무도 치욕스러웠지만 어떻게든 사는 게 더 중요했다. 그리고 이런 그의 애원이 통했는지 금방이라도 눈동자를 꿰뚫을 거 같았던 비침이 툭 하고 밑으로 떨어졌다.

 묵양제의 얼굴에 화색이 돌았다. 하지만 그것도 잠시, 그는 섬뜩한 무언가를 느끼고 급히 다시 신형을 뒤로 빼려고 했다. 그것은 사지를 헤쳐 온 자의 본능적인 행동.

 그러나 그보다 나예설의 행동이 더 빨랐다. 그녀가 한쪽 손을 휘젓자 한 줄기 백광이 묵양제의 가슴팍에 직격했다.

 쾅!

 "크아아아악!"

 묵양제의 신형에 태풍에 휘날린 가랑잎처럼 뒤로 훌훌 날아가더니 땅바닥에 쾅! 하고 떨어졌다. 그는 대자로 누운 채 몇 차례나 응혈을 토해 냈다. 그러고는 사력을 다해 고개를 들었다. 나예설이 오연히 선 채 자신을 내려다보고 있었다.

"이런… 빌어……."

절로 욕지기가 흘러나왔다.

"나를 해하려고 하는 자에게는 그에 합당한 대가를."

"크윽… 뭐 하느냐……. 덤벼라."

묵양제는 사력을 다해 몸을 일으키며 외쳤다. 그의 이런 명령에 흑룡파의 사람들이 술렁거렸다. 하지만 감히 움직이는 사람은 존재치 않았다. 이미 나예설의 가공할 무위를 바로 눈앞에서 목격치 않았던가.

자신들이 천외천의 무인이라고 경외하던 묵양제가 인정사정없이 나가떨어졌다. 그건 설사 자신들 수백 명이 덤빈다 하더라도 나예설에게는 소용없다는 것을 의미했다. 아니, 지금 흑룡파의 두목인 곽구는 이미 묵양제 같은 건 잊어버린 지 오래였다.

'비, 빌어먹을… 저놈이 저토록 허무하게 당할 줄이야……. 어떻게든 도망쳐야 한다.'

묵양제는 이런 곽구의 생각을 마치 들여다본 듯이 파악할 수 있었다. 분노로 절로 이가 갈렸으나 지금은 자신이 어떻게 할 수 있는 방법이 없었다.

그리고 나예설의 징벌은 아직 끝나지 않았다. 돌연 허공에 한 개의 검형이 생성되는가 싶더니 그대로 묵양제의 왼쪽 어깻죽지를 잘라 버렸다.

"크아아악!"

묵양제의 비명 소리에도 나예설은 눈 하나 깜짝하지 않았다.

"본 문주를 모욕하려고 했으니 그에 합당한 대가를."

"크으윽… 이, 이년……."

나예설은 냉엄한 어조로 말했다.

"다음에는 나머지 한쪽 팔을, 그리고 두 다리를 자른 후 마지막으로 목을 자르겠어요."

"……."

"처음 보는 나를 모욕 주려고 하는 행태로 보아 지금까지 그 힘으로 많은 죄 없는 사람들을 해쳤겠죠. 지금 그에 따른 죗값을 치르게 하겠어요."

나예설의 얼굴에는 한 문파의 문주로서의 위엄이 가득했다. 상유란과 서문단려를 비롯해 많은 사람들이 그녀가 세상 물정을 몰라 순진하기만 할 거라 생각했지만 그건 틀린 생각이었다.

그녀는 어릴 적부터 누구보다 죽음에 가까웠던 사람이었다. 매일 친인과도 같았던 천강신문 사람들의 죽음을 보았고, 그때마다 슬픔을 감출 수가 없었다. 결국은 자신 혼자만 남지 않았던가. 더욱이 그녀에게는 천강신문의 부흥이라는 막중한 책임이 있었다.

그 때문에 자신을 해하려는 자에게 자비를 베풀 만큼 나예설은 자애롭지 않았다. 오히려 그에 합당한 대가를 치르게 만든 뒤 다시는 덤비지 못하게 만들어야 했다. 그것이 상대의 목숨을 빼앗는 일이라 할지라도 주저하지 않았다.

나예설은 무림이라는 세계에 처음 발을 내디뎠지만 누구보다 이 양육강식의 세계를 이해하고 있기 때문이다.

'도망쳐야 한다.'

곽구는 부하들에게 눈짓했다. 부하들도 안절부절못하고 있던 상황이라 그의 눈짓을 알아차렸다.

흑룡파의 사람들이 조금씩 뒤로 물러섰다. 하지만 그들은 채 서너 걸음을 옮기기도 전에 멈춰 서야 했다. 자신들의 뒤로 일단의 무리들이 포위하고 있었던 것이다.

"무슨……"

곽구는 놀라며 그들을 바라봤다. 하나같이 건장한 체격에 두 눈에서는 형형한 안광이 번뜩이고 있었다.

문득 그중 한 사내와 눈빛이 마주친 곽구는 전신이 오싹했다. 사내의 눈빛에서 뭐라 형용할 수 없는 분노가 느껴졌기 때문이다. 다른 사내들도 마찬가지였다. 그건 당연했다. 그들은 매화질풍대였기 때문이다.

매화질풍대는 분노를 금치 못했다. 상유란이 마련해 준 무천 객잔에서 머물던 그들은 나예설과 두 소녀가 만월 객잔에서 하루 머물기로 했다는 소식을 들었다.

그에 매화질풍대는 난리가 났다. 자신들이 나예설을 지키지 않으면 누가 지킨단 말인가. 마음 같아서는 모두가 몰려

가서 지키고 싶었으나 그러면 나예설이 부담스러워할 게 분명했다.

그래서 매화질풍대 중 20명이 움직여 그녀가 머무르는 객잔을 지키기로 했다. 이들 20명은 나예설의 편한 잠자리를 자신들이 지킨다는 자부심으로 차가운 밤바람도 참을 수 있었다.

한데, 그만 나예설이 몰래 빠져나가는 것을 알아차리지 못한 것이다.

가장 먼저 알아차린 상유란과 서문단려가 아니었으면 아직도 나예설이 없는 빈 객잔을 지키고 있었을 게 분명했다. 사실 두 소녀가 눈치챈 것도 은밀히 그들을 따르고 있던 마령이 알려 줬기 때문이란 걸 그들은 알지 못했다.

어쨌든 매화질풍대가 두 소녀와 함께 나예설을 찾으니 수많은 적들이 그녀를 포위한 채 겁박하고 있었다.

매화질풍대는 분노를 참을 수가 없었다. 그리고 그 분노는 고스란히 흑룡파에게 향했다. 상유란이 왠지 신이 난 얼굴로 말했다.

"쳐요. 아, 죽이지는 말고요."

매화질풍대가 움직였다.

"마, 막아!"

"쓰러트려!"

"에잇, 우리는 흑룡파다!"

흑룡파는 이왕 이렇게 된 거 한 번 싸워 보자 하는 생각에 적들을 향해 부딪쳐 갔다. 하지만 곧 그들은 이런 자신들의 행동이 얼마나 무모했는지 깨달았다.

"크아악!"

"무슨… 으악!"

이건 아예 상대가 되지 않았다. 매화질풍대의 공격에 흑룡파는 마치 거센 물산에 휩쓸린 듯이 허물어졌다. 공격은커녕 정신없이 방어하기에도 벅찼다. 그런 흑룡파의 사람들 중에는 여지명도 있었다.

'으악!'

그는 내심 비명을 지르며 옆으로 몸을 날렸다. 매화질풍대의 대원 중 한 명의 공격이 허공을 갈랐다.

"응?"

대원은 고개를 갸웃거렸다. 여지명이 여타의 흑룡파 사람들과는 달리 벌써 자신의 공격을 두 번이나 피했기 때문이다.

'이런 젠장……'

여지명은 일이 단단히 꼬였다는 걸 알아차렸다. 처음에는 나예설을 구출해서 도망치려고 했다. 하시만 상황은 자신이 생각했던 것과는 전혀 다르게 돌아갔다. 그녀는 상상을 초월하는 무위를 지닌 고수였던 것이다. 오히려 묵양제가 형편없이 나가떨어져 버렸다.

그래서 내심 머쓱한 마음을 감추고 어정쩡하게 지켜보고 있으니 어느새 일단의 무리들에게 포위당해 있었다. 여지명은 금세 그들의 정체를 파악했다. 그들이 쥐고 있는 검집의 수실에 매화가 걸려 있었기 때문이다. 그는 며칠 전에 보고받았던 정보를 떠올렸다.

'조만간 화산파가 하남에 분타를 세우기 위해 대부분이 이 대 제자와 삼 대 제자로 이루어진 후발대를 출발시킨다고 했지.'

여지명은 그 후발대가 바로 이들이라는 것을 알 수 있었다. 문제는 지금 자신이 흑룡파의 사람으로 위장해 있다는 것이다. 이제 와서 정체를 드러내 봤자 저들이 믿을 리 만무했다.

'도망치자.'

여지명은 이 방법밖에 없다고 생각했다. 그는 더 이상 망설이지 않고 몸을 날렸다. 그런 여지명을 향해 매화질풍대의 대원들이 덤벼들었다. 하나, 여지명의 기기묘묘한 움직임에 하나같이 비켜 나가고 말았다.

마치 미꾸라지 한 마리가 흙탕물 속을 유유히 헤엄쳐 나가는 것만 같았다. 결국 여지명은 매화질풍대의 포위망을 거의 벗어날 수 있었다.

"휴우……"

그제야 안도의 한숨을 쉬는 여지명의 앞을 한 인영이 막아섰다. 바로 상유란이었다.

여지명은 누군가 자신의 앞을 막자 화들짝 놀라다 그 상대가 단발머리의 아직 어린 소녀에 불과하자 귀찮다는 듯이 손을 저었다.

"비켜라. 여긴 아직 너 같은 아이가 있을 곳이 아니다."

그러자 상유란은 씩 웃으며 말했다.

"하나같이 약해 빠져서 재미가 없었는데… 여기 대어가 있었잖아."

"너는……."

여지명이 미처 말을 끝내기도 전에 상유란이 움직였다. 그녀의 몸이 눈 깜짝할 사이에 여지명의 바로 지척까지 쇄도했다. 동시에 상유란의 주먹이 허공을 꿰뚫었다. 하지만 그녀의 주먹이 여지명의 가슴팍에 닿기도 전에 그의 신형이 스르르 미끄러지더니 꺼지듯 사라져 버렸다. 그 바람에 상유란은 헛손질을 하고 말았다.

상유란이 고개를 돌리며 여지명은 어느새 자신의 뒤로 도망치고 있었다. 그녀는 한 차례 호흡을 가다듬었다.

"반드시… 잡고 말 거야."

혼천광마신공이 강대한 힘을 뿜어냈다. 이어 상유란의 신형이 여지명을 향해 빛살처럼 폭사했다. 빠르게 앞으로 나아가던 여지명은 문득 섬뜩한 기세를 느끼고는 뒤를 바라봤다.

"헉!"

그는 헛바람을 들이마셨다.

상유란이 어느새 자신의 바로 지척까지 다가왔기 때문이다. 그녀의 양손이 춤을 췄다. 실로 다양하고 위력적인 공격이 폭포처럼 쏟아져 나왔다.

여지명의 신형이 가볍게 움직였다. 그의 신형은 마치 무게가 느껴지지 않는 바람처럼 스르르 옆으로 움직였고, 상유란의 공세는 허무하게 허공을 갈랐다.

상유란은 다시 무서운 기세로 따라붙으며 권장각지를 위맹하게 쓸어 냈다. 혼천광마신공의 힘이 담긴 두 주먹은 태산이라도 박살 낼 듯 강맹하게 여지명을 몰아쳤다.

그러나 여지명은 제대로 반격조차 하지 않은 채, 처음과 변함없이 무게가 느껴지지 않는 깃털처럼 강한 힘이 오면 흘리고, 부드러운 힘이 오면 그것을 타고 움직였다.

그렇게 10여 초가 다시 전개되었으나, 상유란은 여지명의 털끝 하나 건드리지 못하고 있었다.

'이럴 수가?'

상유란은 내심 놀라움을 금치 못했다. 여지명은 반격은커녕 오직 피하는 데에만 집중하고 있었다. 한데, 그 움직임이 너무도 불가사의해 그녀의 공세가 닿지 못하고 있었다. 더욱 놀라운 건 저런 여지명의 움직임이 왠지 낯설지가 않다는 것이다.

'좋아.'

 상유란은 혼천광마신공의 힘을 끌어올려 두 손에 담았다. 그녀의 두 손이 무시무시한 기세로 여지명을 덮쳐 갔다.

 여지명의 눈빛에 이채가 어린 것은 바로 그때였다.

 살랑—

 더 없는 부드러움으로 두 다리가 흔들리며 가볍게 덧놓였다. 그와 함께 그의 두 손이 부드럽게 움직였다. 그리고 상유란의 한쪽 팔을 영사처럼 휘감았다.

 상유란은 급히 떨쳐 내려 했지만, 여지명의 두 손은 그의 팔에 착 달라붙은 듯이 떨어질 줄을 몰랐다.

 '이건… 팔방풍영보!'

 상유란은 지금 여지명이 펼치는 무공이 조운학의 무공 중 하나인 팔방풍영보라는 걸 확신했다.

 처음 조운학과 만났을 때 자신은 무턱대고 덤볐었다. 그때 조운학이 자신을 한순간에 떨쳐 버린 무공과 똑같았던 것이다.

 훗날, 그 무공이 팔방풍영보의 묘용 중 하나라는 걸 직접 들었었다.

 그런데 지금 여지명이 그때와 똑같은 걸 자신에게 펼치려고 하고 있었다.

 여지명의 두 발은 자연스럽게 원을 그렸고, 두 손은 그 움직임에 따라 한없이 가볍게 너울거렸다.

상유란의 몸도 그 움직임에 동조하듯 따랐다. 아무리 벗어나려고 애를 써도 몸이 따라 주지 않았다.

처음에는 빠르던 원의 움직임은 갈수록 느려졌고, 막대한 힘이 원의 중심에서 맴돌았다.

상유란은 저 힘이 결국 자신을 향해 폭발한다는 것을 알고 있었다. 예전에는 전력을 다한 공세를 퍼부어 떨어지려고 했다. 하지만 그것은 오히려 스스로 족쇄를 채우는 것밖에 되지 않는다는 걸 이제는 알고 있었다.

자신이 거세게 반항할수록 여지명은 그 힘의 방향을 원하는 곳으로 바꿀 수 있는 것이다.

이윽고 여지명은 원을 그리던 두 손을 아무렇지도 않게 떨쳤다.

콰쾅!

귀청이 얼얼할 정도의 폭발음과 함께 상유란의 신형이 태풍에 휘말린 가랑잎처럼 훌훌 뒤로 날아갔다. 그러다 땅바닥에 떨어지기 직전 신형을 뒤집더니 가볍게 착지했다. 그 기세를 가누지 못해 서너 발 뒤로 물러나야 했지만 그녀의 안색은 평온했다. 별다른 타격을 입지 않은 거 같았다.

"무슨······."

여지명의 눈이 그런 상유란을 향해 있었다. 지금 그의 눈빛에는 감탄과 당혹감이 동시에 떠올라 있었다.

여지명은 잠시 무언가를 생각하는 듯한 표정을 짓다가 천천히 고개를 끄덕였다.

'힘을 흘린 것도… 피하려고 한 것도 아닌… 그저 흐르는 대로 모든 것을 맡긴 거군.'

상유란이 자신을 향해 퍼부었던 힘.

여지명은 그 힘을 조화롭게 이끌어 결국 본래의 자리로 돌아가게 만들었다. 그리고 상유란도 자신의 힘을 다시 고스란히 받아들이게 된 것이다.

보통 이런 경우에는 어떻게든 그 힘을 피하거나, 지닌바 힘을 끌어내 맞상대하려고 한다.

그런데 그 위급한 순간 상유란은 자신을 덮쳐 오는 그 힘에 어떠한 반항도, 한 치의 거부감도 보이지 않은 것이다. 그 때문에 그 힘은 그저 상유란의 온몸을 휩쓸었을 뿐이었다.

피하거나 맞상대했으면 흉포해졌을 그 힘을, 모든 것을 포기한 듯이 온몸으로 받아들여 피해를 최소한으로 줄인 것이다. 그러지 않았다면 상유란은 결코 저렇게 서 있지 못했을 게 분명했다.

'도대체가……'

여지명은 새삼 지금의 상황이 놀라웠다. 지금까지 이 묘용을 사용하면 가끔은 강대한 무위를 지녔던 적도 나가떨어졌었다.

그 덕분에 위기를 몇 번이고 벗어나곤 했었다. 한데, 눈앞의 소녀가 자신의 묘용을 너무도 쉽게 파훼한 것이다. 마치 처음부터 이런 묘용을 알고 있는 듯했다.

이때 여지명이 기겁할 만한 말이 상유란의 입에서 흘러나왔다.

"팔방풍영보."

"그, 그걸 어찌……."

여지명의 두 눈이 부릅떠졌다. 혹시나 했는데 눈앞의 소녀는 자신이 펼치던 보법에 대해 정말로 알고 있었던 것이다. 하지만 상유란은 더 이상 그의 궁금증을 풀어 줄 생각이 없었다. 오히려 이걸 이용해 도발했다.

"궁금하면 나를 쓰려 뜨려."

적이라는 생각에 대놓고 말까지 놓아 버리는 상유란이었다. 여지명은 평생 오늘처럼 놀라움의 연속이었던 날은 처음이었다.

'그래도 우선 도망치고 보자.'

상유란의 도발에도 여지명은 몸을 돌렸다. 하지만 그는 더 이상 움직일 수가 없었다. 어느새 긴 머리의 아름다운 소녀가 자신의 앞을 막아섰기 때문이다. 바로 서문단려였다.

상유란이 외쳤다.

"내 거야!"

"너무 늦어."

서문단려의 대답에 문득 여지명의 시선이 장내로 향했다.

이미 상황은 깔끔하게 정리되어 있었다. 묵양제는 물론 흑룡파의 모든 사람들이 바닥을 나뒹굴고 있었던 것이다. 멀쩡히 서 있는 건 자신뿐이었다.

여지명은 난감했다. 앞을 막아서고 있는 긴 머리의 소녀를 보니 뒤에선 소녀와 친우 같았다. 저 소녀도 조금 전에 상대했던 소녀처럼 범상치 않은 무위를 지닌 게 분명했다. 거기에 흑룡파를 무너뜨린 매화질풍대가 슬슬 자신을 향해 움직이고 있었다.

여지명은 더 이상 망설이지 않았다. 결국 그는 최선의 선택을 하고 말았다.

"항복!"

두 손을 번쩍 든 채 항복한 것이다. 그러면서 슬쩍 뒤를 보니 단발머리의 소녀가 처음으로 놀라는 표정을 짓고 있었다. 그러자 왠지 모르게 가슴이 뿌듯했다. 생각해 보니 지금까지 자신만 계속 놀랐었기 때문이다.

상유란은 실망하는 기색이 역력했다. 이어 여지명을 향해 터벅터벅 걸어갔다. 여지명은 움찔했지만 그렇다고 두 팔을 내리지는 않았다.

상유란은 여지명을 물끄러미 바라보며 물었다.

"정말로 항복?"

"정말로 항복."

상유란은 고개를 끄덕이며 돌연 오른 주먹을 들어 보였다.

"그렇다고 곱게 항복을 받아 줄 수는 없지. 이걸 안 피하면 항복을 받아들일게."

그녀는 말이 끝남과 동시에 여지명을 향해 주먹을 날렸다. 여지명은 본능적으로 움직이려는 몸을 간신히 제어한 채 배에 힘을 줬다. 퍼억! 하는 소리와 함께 상유란의 작은 손이 그의 배 속을 꿰뚫을 듯이 파고들었다.

"크헉!"

여지명의 입에서 절로 비명이 터져 나왔고 상체가 앞으로 기울어졌다. 그는 숨이 턱 막힐 정도로 고통스러웠지만 이제 끝났다고 생각했다. 하지만 곧 여지명은 자신이 눈앞의 소녀를 너무 순진하게 생각했다는 걸 깨달았다.

상유란의 주먹이 아래에서 위로 덮쳐 왔기 때문이다. 그건 여지명의 아래턱을 직격했다.

"쿠왁!"

여지명은 혼미해져 가는 정신 속에서 상유란의 음성을 들을 수 있었다.

"앗, 실수."

'일부러 그랬잖아!'

그는 이런 생각을 내뱉고 싶었지만 더 이상 버티지 못하고 그대로 정신을 잃고 말았다.

상유란은 그제야 후련한 표정을 지으며 서문단려에게 말했다.

"봐, 내가 제압했잖아."

"치사하다고 생각 안 해?"

"싸움에 치사한 게 어디 있어. 결과가 중요한 거야, 결과가."

"그런데… 너 아까 봤지?"

"뭐? 아… 나 언니?"

"응."

"무섭더라……."

"응."

상유란과 서문단려의 시선이 서로 뒤엉켰다. 두 소녀는 동시에 고개를 끄덕이며 다짐했다.

"절대 나 언니를 화나게 하면 안 돼."

장내는 빠르게 정리되었다.

나예설은 매화질풍대의 난입에 더 이상 묵양제를 응징하지 않고 가만히 지켜봤다. 흑룡파는 매화질풍대에 의해 모두 무릎을 꿇었다. 너무 심하게 두들겨 맞아 정신을 차리지 못하는 사람들도 억지로 깨웠다.

그런데 바닥에 널브러져 있는 묵양제는 누구도 신경 쓰지 않은 채 가만히 내버려 뒀다. 그의 한쪽 팔에서 흘러나온 피로 인해 바닥이 흥건했다. 안색도 창백하기 이를 데 없어 가만히 내버려 두면 죽을 것만 같았다.

상유란과 서문단려도 그런 묵양제를 한 번 흘낏 쳐다본 뒤 나예설에게 다가갔다.

상유란이 말했다.

"나 언니, 저 사람 정말 죽겠는데요."

"그래."

"저대로 내버려 둘 거예요?"

"너희 생각은 어떠니?"

나예설의 이런 질문에 상유란과 서문단려는 서로를 한 차례 바라본 후 고개를 저었다.

"솔직히… 잘 모르겠어요."

"저흰 아직 사람을 죽여 본 적이 없어요."

"그럼 질문을 바꿔 보마. 너희는 저자가 죽어 마땅하다고 생각하니?"

"예."

상유란과 서문단려는 주저 없이 대답했다.

"그런데 직접 죽이려니 망설여지는 거로구나."

"맞아요."

두 소녀는 머쓱한 표정을 지었다. 이런 자신들이 얼마나 한심한지 새삼 깨달은 것이다.

나예설은 그런 상유란과 서문단려를 보며 더 이상 거기에 대해서 말을 하지 않았다. 그녀는 때론 그냥 내버려 둬야 한다는 걸 알고 있었다. 두 소녀가 홀로 설 수 있음을 믿기 때문이다. 그러기 위해 고난을 당할 수도 있고, 눈물을 흘리기도 할 것이다. 하지만 그러면서 성장하게 될 것이고, 스스로 깨달으며 어떻게 해야 할지를 알게 된다.

상유란과 서문단려는 충분히 스스로 자라고 열매를 맺을 수 있었다.

나예설은 일으켜 세워 주고 붙드는 것이 아니라 스스로 일어나 자랄 수 있다고 믿는 것도 사랑이라는 걸 알고 있었다.

"그럼 어쩐다……."

나예설은 묵양제와 흑룡파의 사람들을 한 차례 슥 훑어봤다. 참으로 아름다운 눈빛. 하지만 그 눈빛 속에서 번뜩이는 서늘한 광채에 묵양제는 물론이고 흑룡파의 사람들도 감히 마주 보지 못했다.

그때 한 사내가 손을 들며 말했다.

"저기… 이놈들 때문에 곤란하신 거 같은데, 제가 처리하면 안 되겠습니까?"

그는 바로 여지명이었다. 정신을 차리고 보니 자신은 흑룡파의 사람들과 조금 떨어져 있었다. 상유란이 팔방풍영보에 대해 물어볼 게 있어 일부러 떨어뜨려 놓은 것이다.

나예설이 물었다.

"당신은 누구죠?"

"저는 무림맹의 사람입니다."

여지명은 얼굴의 역용을 풀며 품속에서 금패를 한 개 꺼내 들었다. 무림맹에 속한 무인들은 각기 신분을 나타내는 패를 가지고 있다. 대충 그건 금, 은, 동으로 나뉘는데, 금패는 무림맹의 중진들을 나타내며 은패와 동패는 그들의 명령을 따르는 무인들이 지니고 있었다.

여지명은 무림맹의 정보를 총괄하는 은자각의 각주이기에 금패를 가지고 있는 것이다.

상유란은 그걸 알고 있기에 여지명이 내미는 금패를 냉큼 빼앗아 살폈다.

"이거 진짜잖아? 그것도 금패."

"이래 봬도 내가 무림맹에서 한자리 차지하고 있단다."

"그런 사람이 왜 이놈들과 한 패지?"

"그건 터무니없는 오해다. 나는 이놈들이 무슨 짓을 할지 몰래 염탐하고 있었던 거다."

"그걸 어떻게 믿어."

"진짜라니까!"

여지명은 억울하다는 듯이 외쳤지만 상유란은 의심을 풀지 않았다.

"이것도 어디서 훔친 거 아냐?"

"아니다."

"그럼 팔방풍영보는 어디서 훔쳐 배운 거야?"

"그, 그건……."

"갑자기 말을 더듬는 걸 보니까 더 수상한데. 사실대로 말하지 못해?"

"……."

여지명은 떡하니 말문이 막혔다. 그는 머릿속이 혼란스러웠다.

이게 대체 무슨 상황인가. 왜 자신이 여기서 이렇게 심문을 당해야 한단 말인가. 그것도 아직 어린 소녀한테서 말이다.

그때 일단의 무리들이 모습을 드러냈다. 그들을 발견한 여지명의 안색이 환하게 변했다. 은자각의 사람들이었기 때문이다.

"각주님!"

은자각의 사람들은 여지명이 무릎을 꿇은 채 앉아 있자 재빨리 구출하기 위해 다가오는 게 아닌 오히려 몸을 뒤로 날렸다. 그런 부하들의 행동에 여지명은 얼굴을 찌푸렸지만 어쩔 수 없다는 걸 알고 있었다.

은자각의 행동 지침 중 하나가 아군이 사로잡히면 절대 직접 구출하려 들지 말라는 거였다. 은자각의 사람들은 무위가 약하기에 오히려 포로만 늘어나기 때문이다.

그래서 아군을 부르거나 몰래 뒤를 쫓는 게 한계였다. 여지명은 은자각의 각주이기에 누구보다 부하들의 행동을 이해하지만 그래도 왠지 모르게 섭섭했다.

'젠장, 조만간 직접 맹주님을 찾아가 은자각 사람들이 터득할 만한 무공 비급 좀 내놓으라고 닦달해야겠군. 아무리

정보 수집이 최우선이라지만 일신의 무위가 너무 약하잖아.'

여지명은 벌써 이런 사정을 몇 번이고 무림맹에 올렸다. 하지만 무림맹은 무력을 사용하는 전투 집단이 따로 존재하므로 정보 단체까지 강해질 필요는 없다는 생각이었다. 오히려 그렇게 무공 수련할 시간이 있으면 한 개라도 더 정보를 얻어 오라며 무시하기 일쑤였다.

그러자 여지명도 분노를 참지 못해 어느 순간부터 직접 현장에 나서지 않았다. 이곳에서 꿀 바른 사과나 팔며 들어오는 정보나 분류했던 것이다.

무림맹에서는 이런 그의 행보에 분노하며 파직시키려 했으나 은자각의 모든 사람들이 반대하고 맹주마저 반대하자 관철시킬 수가 없었다.

어쨌든 여지명은 새삼 은자각의 무위가 너무 약하다는 데 좌절하며 무림맹이 알아서 챙겨 주기를 기다리는 행동 또한 부질없다는 것도 깨달았다.

'맹주와 담판을 지어야겠어.'

이렇게 여지명이 다짐하고 있을 때 상유란은 갑자기 나타난 사람들을 훑어보며 고개를 갸웃거렸다.

"저 사람들… 당신을 각주님이라고 부르는 거 보니 부하들인 거 같은데… 구하러 올 생각이 없는 모양인데?"

"하하, 그래도 저렇게 멀리서 지켜보지 않는가. 걱정스런 표정을 하고 말일세."

"……."

"이봐, 동정은 하지 말아 줬으면 좋겠군."

서문단려가 나예설을 보며 말했다.

"무림맹의 사람들이 분명한 거 같아요. 직접 처리해 주겠다고 하니 이대로 맡기면 어떨까요."

"그렇게 하렴."

나예설이 허락하자 상유란은 여지명에게 금패를 도로 돌려주며 말했다.

"아직 대답하지 않은 게 있어요."

"갑자기 또 말이 높아졌군."

"적이 아니잖아요."

"…알겠네. 내 아침에 찾아가지."

"만약 오지 않으면 앞으로 평생 저한테서 공손한 말을 듣지 못할 거예요."

"그것 참… 대단한 협박이군."

여지명은 금패를 품속에 넣으며 멀찍이서 지켜보던 부하늘에게 신호를 보냈다. 그러자 부하들이 조금씩 다가왔다. 하지만 아직도 어딘가 미심쩍어하는 기색이 역력했다.

'함정 아니거든.'

여지명은 설레설레 고개를 저으며 묵양제와 흑룡파의 사람들을 향해 시선을 던졌다. 오늘 이들을 처리하려면 잠은

다 갔다고 봐야 했다.

'하지만… 저놈을 잡았단 말이야.'

그가 일부러 나선 건 아름다운 나예설이 곤란해하기도 했지만 무엇보다 묵양제 때문이었다. 묵양제를 사로잡거나 죽이면 무림맹에서 보상으로 무공 비급이 주어진다. 묵양제에게 욕을 보이고 자결한 한 무림 문파의 여식의 부모가 무공 비급을 대가로 내놓았기 때문이다.

여지명은 만약 무림맹에서 이번에도 은자각의 전력 강화를 무시한다면, 묵양제를 사로잡은 보상으로 얻은 무공 비급을 부하들이 터득할 수 있도록 할 생각이었다.

그때 그런 그의 뇌리에 한 줄기 전음성이 들려왔다.

-아침에 이번 일을 처리함으로써 어떤 보상을 받는지에 대해서도 자세히 이야기해 봐요.

재빨리 시선을 돌리니 긴 머리의 소녀가 자신을 보며 싱긋 웃고 있었다.

여지명은 뜨악한 표정을 지었다.

'두 소녀가 하나같이 영악하구나, 영악해!'

문득 얼마 전에 노인들에게 사기를 당하고 돈을 뜯긴 일이 떠올랐다.

'그때도 그렇고, 요즘 왜 이렇게 일이 꼬이는지… 갑자기 마교가 나타나지를 않나… 어디 알아봐서 굿이라도 한번 해야 하나.'

여지명은 절로 한숨이 흘러나왔다. 그는 아침에 이들에게 어떻게 이번 일들에 대해 설명할지 벌써부터 머리가 아파 왔다.

 하지만 여지명은 아침에 이들을 만나기 위해 나서지 못했다.

 무림맹에서 긴급으로 한 가지 소식이 전해져 왔고, 이를 위해 다른 곳으로 떠나야 했기 때문이다. 거부하려 했지만 맹주가 직접 명령을 내려 왔는지라 어쩔 수가 없었다.

 결국 여지명은 산양을 떠났고, 이 일로 인해 상유란과 서문단려는 속았다며 분노하게 된다.

 그로 인해 여지명은 훗날 두 소녀에게 갖은 고난을 당하게 되는데, 그는 아무리 맹주의 명이라고 할지라도 그때 떠나는 게 아니었다며 두고두고 후회하게 된다.

제8장
때론 집념이
주화입마도 벗어나게 한다

타닥타닥…

모닥불 타오르는 소리와 그곳에서 나오는 환한 빛은 제법 커다란 동굴 속의 어둠을 몰아냈다. 그 모닥불을 사이에 두고 두 인영이 조용히 불꽃을 응시하고 있었다.

조운학과 현송이었다.

현송은 모닥불의 불쏘시개를 뒤적거리다 문득 불꽃을 바라보며 곰방대를 피우고 있는 조운학을 봤다. 그는 몇 번 멈칫거리다 입을 열었다.

"조 장로님, 정말 괜찮겠습니까?"

"뭐가?"

조운학의 시선이 현송을 향했다.

"이렇게 모닥불을 피우면 들키지 않을까요?"
"괜찮아. 동굴 깊숙이 들어왔는데, 뭘. 그리고 연기가 우리가 들어온 쪽이 아니라 안쪽으로 들어가니 안심해도 돼."
현송의 눈이 동굴 안쪽을 향했다.
"그 말은 이 동굴 안으로 계속 들어가면 어딘가로 통하는 입구가 나온다는 겁니까?"
"아마도."
"그럼 안으로 들어가서 그 입구로 도망치면 되겠군요. 그렇죠?"
"나는 '아마도'라고 했어. 만약 막혀 있으면 어쩔래?"
조운학의 음성에 약간의 짜증이 섞였다. 그래도 현송은 쉽게 포기하지 않았다.
"그렇지만 연기가 안쪽으로 들어가는 건 안쪽에도 다른 입구가 있어서 그런 거라고 했잖습니까."
조운학은 약간의 한숨을 섞어 말했다.
"입구란 건 우리가 들어온 곳 같은 것만을 말하는 게 아냐. 사람이 지나가기 힘들어서 그렇지 천장이 뻥 뚫려서 별이 보이는 곳도 입구고, 깊이를 짐작하기 힘든 절벽으로 나 있는 것도 입구라고 할 수 있어."
"그렇군요……."
현송은 납득한 듯 고개를 끄덕이며 지금까지 가슴속에 담고 있었던 궁금증을 물었다.

"조 장로님, 대체 그놈들 정체가 뭡니까?"

"나쁜 놈들이지."

"그리고요?"

"치사한 놈들이기도 해."

"정체가 뭐냐니까요."

"그걸 설명하자면 하루도 모자라. 지금 한가하게 그런 걸 설명하고 있을 때가 아니잖아."

"그렇군요."

다시 잠깐의 침묵이 흐른 후 현송은 또 조심스레 물었다.

"이제 우리 어떻게 하지요?"

"도망쳐야지."

"언제까지요?"

"그걸 내가 알겠냐?"

"부상은 언제쯤 치료 가능하시겠습니까?"

"몰라."

조운학의 무책임한 대답에 현송은 발끈했다.

"그럼 대체 아는 게 뭡니까? 애초에 이건 조 장로님 때문……."

하나 미처 말을 끝내기도 전에 조운학이 말을 잘랐다.

"뭐라고?"

조운학이 눈을 부릅뜨자 현송은 찔끔하며 어깨를 움츠렸다. 그 모습에 조운학은 입가에 묘한 미소를 그리며 다짐하듯 말했다.

"너 말이야, 아까 그놈한테 들킨 게 누구 때문인지 벌써 잊은 거냐."

현송은 고개를 푹 숙였다. 조운학의 저 말에 가슴에 비수가 꽂히는 것 같았다. 적의 속임수에 넘어간 자신 때문에 위기에 빠졌었기 때문이다.

'그때 내가 미쳤었지······.'

다행히 조운학은 더 이상 추궁하지 않았다. 조운학은 다시 모닥불로 시선을 돌리며 말했다.

"지금 푹 쉬어 둬. 곧 다시 뛰어야 하니까."

"또요? 그냥 여기 숨어 있으면 안 될까요?"

현송은 한 치 앞도 보기 힘든 숲을 또다시 뛰어야 한다고 생각하니 앞이 깜깜했다. 그러자 조운학은 한심스럽다는 표정으로 말했다.

"그놈들이 너처럼 바본 줄 아냐? 조금만 더 있으면 이곳에 그놈들이 들이닥칠 게 분명해."

"그걸 조 장로님이 어떻게 아십니까?"

현송은 입술을 삐죽 내밀었다.

"현송."

갑자기 현송을 부르는 조운학의 음성이 무겁게 가라앉았다.

"예··· 예."

현송은 자신도 모르게 말을 더듬었다.

"너 계속 오냐오냐하니까 반항이 심해진 거 같다. 나는 화산파의 장로, 너는 화산파의 일개 제자. 그 차이를 새삼 알려 줘야겠어? 앙?"

조운학이 무서운 눈빛으로 묻자 현송은 황급히 고개를 숙였다.

"좋게 좋게 말할 때 알아서 기어라. 알겠어?"

"예……."

"뭐, 그래도 너도 이제 제법 쓸 만하더라. 아까 여인을 인질로 잡는 거 아주 좋았어."

"그렇죠?"

현송은 반색하다 무언가를 떠올리고는 시무룩한 표정을 지었다.

"그 여인, 정말로 죽이신 겁니까?"

"그때 우릴 계속 쫓아오지 않은 걸 보면 그 여인을 치료한 게 분명해. 그럼 죽지 않았을 거야."

"다행이군요."

"다행은 개뿔. 우리를 죽이려고 하는 적이야, 적. 아까 그 두 놈을 어떻게든 죽였어야 했는데……. 시금부터 단단히 각오해야 할 거야."

"전 각오하고 있습니다."

"정말?"

"그럼요."

조운학의 눈가에 묘한 이채가 스쳤다.

"현송, 도망쳐! 그놈들이다!"

문득 동굴 밖을 바라보던 그가 갑자기 겁에 질린 표정으로 외쳤다.

"히익!"

현송은 기겁하여 재빨리 숨을 곳을 찾았다. 그러다 언뜻 조운학을 보니 한심하다는 표정으로 자신을 바라보고 있었다. 현송은 속았다는 걸 깨달았다.

"조 장로님!"

빽 하니 동굴이 울리도록 소리쳤다.

"각오라고? 겨우 그놈들이 왔다는 소리에 그렇게 놀란 주제에? 하하하."

조운학은 방금 현송의 행동과 표정이 너무 가관이라 웃음을 그칠 수가 없었다.

현송은 속았다는 생각에 이가 갈리도록 분했지만 감히 대들지도 못하고 소리 한번 지른 걸로 만족해야 했다. 그래도 조심스레 한 마디 쏘아붙였다.

"그만 웃으십시오. 조 장로님의 웃음소리 때문에 여기에 있는 거 들키겠습니다."

"하하, 그래그래, 알았어."

조운학은 웃음을 참지 못하겠다는 듯 양손을 휘휘 저으며 고개를 끄덕였다. 현송은 한동안 뚱한 표정으로 앉아 있다 슬그머니 입을 열었다.

"아무리 생각해도 궁금해서 못 참겠습니다. 대체 저놈들의 정체가 무엇입니까?"

"나쁜 놈들이라니까."

"대체 무슨 짓을 하신 겁니까?"

"어이, 왜 내가 일을 저질렀다고 생각하는 거야."

현송은 망설임 없이 대답했다.

"그야 조 장로님이시니까요."

"……"

조운학은 일순 황당하다는 표정을 짓다가 천천히 입을 열었다.

"나는 그저 그 늙은이가 얻고자 하던 것을 살짝 방해했을 뿐이야."

"그게 답니까?"

"그래. 그 늙은이는 고작 그런 일로 앙심을 품었던 거지. 나이도 먹을 만큼 먹은 주제에 속은 좁쌀만큼 좁다니까."

조운학은 악군성이 들었으면 눈이 뒤집힐 만한 말을 아무렇지도 않게 늘어놓았다.

실로 악군성이 조운학에게 입은 피해는 이루 말할 수가 없었다.

마도련의 수많은 고수들의 죽음도 그렇지만 천선부를 좌

지우지할 수 있는 천룡지환도 허무하게 내줬으며, 무엇보다 마도련의 련주 자리에서 쫓겨난 것도 따지고 보면 조운학 때문이라고 할 수 있었다.

그러나 여기에 대해서는 조운학도 할 말이 없는 건 아니었다.

'애초에 나를 먼저 건드린 건 그 늙은이라고.'

그렇다. 조운학은 그저 해야 할 일을 하고 있었을 뿐이었다.

그럼에도 먼저 시비를 걸어오고 자신을 사로잡아 갔던 건 바로 악군성이었다.

그렇기에 조운학은 자신이 잘못했다거나 실수했다는 생각은 전혀 하지 않고 있었다. 그저 이렇게 쫓길 줄 알았으면 예전에 어떻게든 죽여 버렸어야 하는 건데, 하고 후회할 따름이었다.

"곧 움직여야 되니 운기를 하며 최대한 몸을 회복시켜."

"알겠습니다."

현송은 자세를 잡고 소천지공(小天地功)법을 운기했다. 소천지공은 화산파의 이 대 제자부터 배울 수 있는 내공심법이었다.

그러다 어느 정도 성취를 이루면 대천지공(大天地功)으로 넘어가게 된다. 그게 아니면 바로 매화천향심공(梅花天香心功)을 배울 수도 있었다. 즉, 소천지공은 이 두 내공 심법을 터득하기 위한 토대를 쌓는 거라고 볼 수 있었다.

그 때문인지 정작 소천지공을 대성한 이는 극히 드물었다. 어느 정도 성취를 이루면 토대가 쌓이기에 바로 대천지공이나 매화천향심공으로 넘어가기 때문이다.

하지만 현송은 토대를 쌓았음에도 계속 소천지공에 매달렸다.

물론 처음에는 현송 또한 다른 사람들과 마찬가지로 대천지공이나 매화천향심공으로 넘어가려고 했었다.

가장 먼저 그가 선택했던 건 대천지공이었다. 소천지공을 터득했기에 대천지공도 그다지 어렵지 않을 거라고 생각한 것이다.

그러나 대천지공부터는 화산파의 상급 심법이었다. 그 난해함은 현송을 질리게 하기에 충분했다. 그건 매화천향심공도 마찬가지였다. 아무리 가르침을 받아도 현송은 받아들일 수가 없었다.

현송에게 처음으로 찾아온 좌절이었다. 그리고 현송은 그 좌절을 뛰어넘지 못한 채 포기해 버리고 말았다.

그 결과 현송은 아직까지 소천지공을 연마하고 있었고, 어느덧 대성을 앞두고 있었다.

사실 몇 달 전까지만 해도 소천지공의 성취는 답보 상태였다.

그러나 조운학이 수련이라는 명복으로 행한 영웅대전으로

인해 소천지공의 성취는 눈에 띄게 늘어만 갔다. 하루하루 잠을 자는 시간까지 아껴 가며 수련을 했고, 처음으로 전력을 다했기에 가능했던 것이다.

어쨌든 그로 인해 현송의 소천지공은 대성이 코앞이었다.

'소천지공을 대성하면 지금보다 더 강해질 수 있어.'

지금의 상황은 참으로 위태로웠다. 강대한 힘을 지닌 적이 목숨을 노리고 있음에도 정작 조운학은 심각한 내상을 입고 독에 중독되어 평소의 무공을 펼칠 수 없는 상황이었다. 즉, 지금 무공을 펼칠 수 있는 건 자신밖에 없었다.

그런데 그 무공이라는 게 적들에 비하면 하찮기 이를 데 없었다.

아무리 몸이 엉망이었다지만 불영과 빙영의 무위는 자신을 능가하고 있었다.

죽어라 도망치거나 피하는 게 한계였던 것이다.

지금까지는 어떻게든 살아남았지만 새삼 생각해 보면 운이 따랐기 때문이라고 볼 수 있었다.

하지만 운이란 계속 이어지지 않는다는 걸 현송은 알고 있었다.

그렇기에 지금 중요한 건 조금이나마 더 강해지는 거였다. 무인으로서 자신의 목숨을 구하는 건 결국은 지닌바 무공이라는 걸 알고 있기 때문이다.

'좋아, 한 번 해 보는 거야.'

현송은 각오를 다졌다. 소천지공을 대성하기 위해서는 수태음폐경(手太陰肺經)의 기혈 중 하나인 운문(雲門)과 수양명대장경(手陽明大腸經)의 천정(天鼎)을 뚫어야만 했다.

그는 우선 운문을 뚫을 생각에 단전 부근에 차분히 내공을 끌어모았다. 짙은 어둠 속에서 한 가닥 실낱같은 빛이 서서히 커지듯 내공이 형성되었다.

'좋아, 가자!'

현송은 내심 크게 외치며 내공을 움직이려 했으나, 형성된 내공은 또 언제 그랬냐는 듯이 사라져 버렸다. 운공하는 도중에 잡념이 들어가서는 안 된다는 걸 깜빡 잊어버린 것이다.

'이런……'

현송은 자신이 너무 흥분하고 있다는 걸 알아차렸다. 그래서 다시 마음을 가다듬고 온 정신을 집중했다.

다시 내공이 형성되었다. 현송은 조급한 마음을 버리고 계속 내공을 키워, 막힌 기혈인 운문을 단숨에 뚫을 계획을 세웠다.

그래서 어느 정도 만족할 만한 내공이 형성되자 그는 운문을 향해 쏘아 보냈다. 하나, 세상사 계획대로만 된다면 이루지 못할 게 어디 있겠는가.

'으, 돌겠네.'

단숨에 운문을 뚫어야 할 내공이 마치 그물에 걸린 듯 꼼짝달싹도 하지 않는 것이다. 사력에 사력을 다해도 도무지 요지부동이었다.

답답함에 속이 타는 듯했으나, 잠깐이라도 정신을 딴 데다 두면 간신히 유지하고 있는 내공마저 또 흔적도 없이 사라질 것 같아서 정신을 집중했다.

'끄응.'

다시 용을 쓰자 현송의 몸이 서서히 요동치며 얼굴색이 벌겋게 변하기 시작했다.

지금 그는 자신도 모르게 주화입마를 향해 천천히 나아가고 있었다. 만약 현송이 느긋한 마음으로 차분히 내공을 움직였다면 시간은 들겠지만 운문을 뚫을 수 있었을 것이다. 하나, 어떻게든 빨리 운문을 뚫겠다는 조급함이 탈을 일으킨 거였다.

현송도 자신의 몸이 이상하게 되어 가고 있다는 걸 느꼈다. 그러나 그걸 느꼈을 땐 이미 너무 늦은 후였다. 저절로 온몸이 요동치고 억지로 유지하던 내공도 마음먹은 대로 제어가 되지 않아 사방팔방 날뛰기 시작했다.

'어, 어쩌지……'

현송은 점점 정신이 혼미해져 갔다. 그럼에도 사력을 다해 정신을 바로잡았다. 이대로 정신을 잃으면 모든 게 끝이라는 걸 알고 있기 때문이다.

그때 이런 현송의 귀로 조운학의 음성이 들려왔다.

"뭐야, 주화입마잖아?"

'조 장로님!'

현송에게 한 줄기 희망이 보였다. 조운학이 자신의 상태를 단숨에 알아차렸던 것이다. 그렇다면 무슨 조치를 취해 줄 게 분명했다. 하지만 이어서 들려오는 조운학의 음성은 그를 절망에 빠뜨렸다.

"텄군, 텄어. 제대로 주화입마에 빠졌잖아."

'안 돼!'

현송은 내심 비명을 질렀으나 조운학의 음성은 이런 그의 바람을 잔혹하게 짓밟았다.

"뭐, 어쩔 수 없지. 현송, 걱정 마. 네 시신은 내가 잘 묻어 줄 테니 말이야."

'그러지 말고 좀 도와주세요!'

"그나저나 너도 참 대단하다. 이런 상황에서 욕심을 부리다가 주화입마에 빠지다니 말이야. 과연, 나도 이제 인정할 수밖에 없겠군."

'무엇을 말입니까?'

"너… 정말 바보였구나."

"크헉!"

현송의 입에서 한 움큼 핏덩이가 뿜어져 나왔다. 조운학의 음성을 듣고 있자니 주화입마만 더 심해지는 것만 같았다. 그럼에도 조운학의 입은 멈추지 않았다.

"그럼 자세히 살펴볼까……. 사실 나 주화입마에 걸린 사람은 처음 보거든. 보자… 주화입마에 걸리면 어떻게 된다더라. 그래, 먼저 몸이 떨리고 뼈가 뒤틀리며 근육이 파열되면서 온몸의 구멍이란 구멍에서는 피가 흘러나온다고 했었지? 아, 가끔 뼈가 살갗을 뚫고 나오거나 눈알도 튀어나온다고도 하던 데 말이야. 그런 장면을 바로 눈앞에서 생생하게 볼 수가 있다니. 이것 참 운이 좋다고 해야 할까."

"크허헉!"

현송의 입에서 연이어 핏덩이가 뿜어져 나왔다. 그는 두려움과 공포로 정말로 미쳐 버릴 것만 같았다.

조운학의 말대로 내공이 사방팔방 날뛰는 바람에 뼈가 기묘하게 뒤틀려 가고 있었다. 더욱이 그 고통은 이루 말할 수 없을 정도였다. 차라리 이대로 조운학이 말한 고통을 겪으며 죽을 바에는 자살하고 싶은 심정이었다.

'조 장로님… 차라리 죽여 주세요.'

현송은 내심 부르짖었다. 그런데 이런 그의 바람을 조운학은 전혀 다르게 알아차린 듯했다.

"아, 그렇다고 너무 걱정하지 마. 내가 일부러 네 목숨을 끊는 일은 없을 거야. 내가 어떻게 그런 일을 할 수 있겠어? 나라도 지켜봐 줄게. 적에게 쫓기는 촉급한 상황에서 운기행공을 하다가 주화입마에 걸려서 죽어 가는 한심한 화산파의 제자를."

현송은 전신에서 덮쳐드는 엄청난 고통과 조운학의 연이은 조롱에 공포와 분노가 극에 이르다 다시 정신이 차갑게 가라앉는 걸 느꼈다. 문득 이제 자신은 죽는데 그런 게 무슨 소용인가 싶었던 것이다.

'내가 여기서 죽는구나……. 이럴 줄 알았으면 죽어라 도망치지 않는 건데. 그보다 미련이 남는 건 조 장로님에게 실컷 욕설을 퍼붓지 못했다는 거야. 아니, 아까 도망칠 때 오히려 적한테 붙어서 조 장로님을 잡는 데 도움을 주는 건데……. 안타깝지만 어쩔 수 없지.'

현송은 한 가닥 남은 미련을 깔끔하게 포기하기로 했다. 그때 조운학의 툭 던지는 듯한 음성이 들려왔다.

"내가 특별히 나 소저한테도 말해 줄게."

그건 현송의 정신을 번쩍 들게 하기에 충분했다.

'크윽! 나 문주님… 아니, 나 소저!'

현송의 뇌리에 나예설의 아름다운 모습이 떠올랐다.

처음 그녀를 봤을 때 얼마나 놀랐던가. 천상의 선녀가 이러할까. 너무나 아름다운 미녀가 조운학과 함께 나타났기 때문이다.

지금도 바로 어제처럼 그때의 광경이 떠올랐다.

자신이 가져온 꿀을 바른 사과를 너무도 맛있게 먹으며 환하게 웃던 나예설의 모습이 말이다. 그 모습은 마치 수많은 꽃들이 화려하게 만개한 것만 같았다.

현송은 그때가 떠오르니 왠지 지금의 고통도 느껴지지 않을 만큼 행복했다. 하지만 그 행복은 오래가지 않았다.
"알겠어? 내가 나 소저한테 네가 어떻게 죽었는지 사실대로 말해 준다는 말이야. 있는 그대로 말이야."
'있는 그대로?'
현송의 뇌리에 그때의 모습이 그려졌다.

나예설이 안타까운 표정으로 물었다.
"현송 대주님은 어떻게 돌아가셨나요?"
조운학은 태연하게 대답했다.
"적에게 쫓기다 휴식을 취하던 중 운기조식을 하다가 주화입마에 걸려서 죽었소이다."
나예설은 의외라는 듯이 되물었다.
"주화입마요?"
"그렇소."
"……"
"불쌍한 놈이니 가끔 떠올려 주시오."
"적에게 쫓기다 휴식을 취하던 중 운기조식을 하다가 주화입마에 걸려서 죽은 분을요?"
"그렇소이다."
"걱정 마세요. 그렇게 바보 같… 아니, 그런 죽음은 잘 잊어버리지 않을 거 같아요."

나예설은 웃는지 우는지 모를 표정으로 고개를 끄덕였다.

'안 돼! 그럴 수 없어!'
현송은 내심 울부짖었다.
'나 소저가 내가 이렇게 죽었다는 걸 알면 안 돼. 절대 안 돼!'
그는 사방팔방 날뛰고 있는 내공을 제어하기 위해 사력을 다하기 시작했다. 여전히 내공은 현송의 뜻을 따르지 않고 있었지만 포기하지 않았다.
'내가 이대로 포기할 줄 알아? 어디 누가 죽는지 한번 보자고!'
이렇게 현송이 다시금 살기 위한 의지를 불태울 때 조운학이 말했다.
"그리고 너, 매화질풍대의 대주라며? 이제 네가 이대로 죽으면 그 대주 자리도 다시 뽑아야겠군. 아, 그리고 보니 예설사랑회의 회주이기도 했지? 뭐, 그 자리도 남은 놈들이 알아서 차지하겠지."
현송의 뇌리에 연이어 예설사랑회의 제자들이 떠올랐다.

조운학이 말했다.
"현송이 죽었다."
제자들은 슬퍼했다.

"회주님이 돌아가셨다니……."

"크윽, 드디어 매화질풍대의 대주가 되셨는데……."

그러나 그 슬픔은 금세 사라지고 제자들은 서로의 눈치를 보며 술렁거렸다.

"이제 누가 우리를 이끌어 주지?"

"예설사랑회의 회주 자리와 매화질풍대의 대주 자리가 비었는데……."

한 제자가 나섰다.

"내가 하마!"

그러자 다른 제자도 기다렸다는 듯이 나섰다.

"아냐. 나야말로 그 자리가 어울린다고 생각해."

"무슨 소리. 내가 너희들을 이끌어 주마."

"앞으로 나를 회주님이나 대주님으로 부르도록."

"이게 어디서……."

"어쭈? 눈 안 깔어? 한번 해봐?"

"이렇게 된 거 한번 붙어 보자."

"그래. 강한 자가 모든 걸 차지하는 거야!"

"오오오!"

이윽고 수십 명의 제자들은 서로 뒤엉키며 난전을 벌이기 시작했다. 그리고 조운학은 여유롭게 곰방대를 피우며 그걸 구경하고 있었다.

'안 돼! 내가 어떻게 차지한 회주 자리와 대주 자리인데!'

자신이 죽으면 정말로 조운학의 말대로 될 것만 같았다. 또한, 그렇게 생각하자 지금의 상황이 억울하기만 했다.

'나는 죽고 조 장로님만 살다니… 억울해. 억울하단 말이야!'

현송은 어떻게든 살아야 한다고 생각했다. 그리고 이런 마음이 그를 점점 극한의 무념 상태로 이끌었다.

현송은 서서히 육신의 다스림과 심의가 조화되어 마음속으로는 망설임이 없고, 밖으로는 빈틈이 없는 상태가 되어갔다. 그리고 지금 그의 뇌리에는 소천지공의 구결이 마치 빛이 명멸하듯 나타났다 사라졌다.

-소천이란 본래 깨끗하여 환히 밝아 모남도 없고, 크고 작음도 길고 짧은 모양도 없으며, 번뇌(漏)도 작위(作爲)도 없고 미혹됨도 깨달음도 없다. 그러므로 말하기를 요연히 사무쳐 보아 한 물건도 없나니, 모든 단계는 스치는 번갯불과 같도다.

아직까지 무슨 뜻인지 도무지 이해되지 않았지만 무념의 상태에서 구결 한 자, 한 자를 깊숙이 파고들기 시작했다.

그러다 안 되면 한 글자씩 이어 보고, 결국에는 전체의 구결을 수십, 수백 번 되새겼다.

어느새 현송의 내부에선 미친 듯이 날뛰던 내공이 서서히 응축되면서 마치 살아 있는 뱀처럼 전신을 돌아다녔다. 그 뱀은 갈수록 커졌고, 내부에는 충만한 힘이 가득했다.

 현송은 마음을 비우고 오직 소천지공의 흐름에 몸을 맡겼다. 그러면서도 계속해서 구결을 되새기는 걸 잊지 않았다.

 나중에는 자신이 지금 내공을 운행하고 있는 것인지, 구결을 되새기고 있는 것인지조차 느낄 수 없게 되었다.

 일체의 생각을 쉬고 일념에 들되, 일념이라는 생각조차 잊어버린 상태에서 한 걸음 더 나아가고 있는 것이다. 그렇게 그는 서서히 무념처의 바다로 잠겨들었다.

 바로 그 순간이었다.

 거대한 뱀은 운문을 향해 가공할 속도로 나아갔다. 이어 현송의 몸은 마치 벼락을 맞은 듯 진동했다. 뱀은 운문을 단번에 뚫더니 연이어 수양명대장경(手陽明大腸經)의 천정(天鼎)의 기혈까지 뚫어 버렸다.

 마치 엉킨 실타래가 풀리듯 엉켜 있던 기혈이 뱀에 의해 뚫리며 다시 가지런히 형성되는 것 같았다. 뱀은 어느 순간 산산이 부서졌고, 엄청난 물을 막고 있던 둑이 무너진 듯 그의 사지백체로 퍼져 나갔다. 그러다 거짓말처럼 사라져 버렸다.

 현송은 그 뒤로도 한동안 두 눈을 감고 내부를 안정시켰다.

 그는 알 수 있었다. 자신이 드디어 소천지공을 대성한 것이다.

 내부에서는 지금까지와는 비교도 안 되는 강대한 내공이 느껴졌다. 이 정도면 언제든지 검기를 펼칠 수 있을 정도였다. 드디어 고대하던 절정의 경지에 오른 것이다.

 '내가 해낸 거야.'

 현송은 감격하며 두 눈을 번쩍 떴다. 그러자 자신을 빤히 바라보고 있는 조운학의 모습이 눈동자에 들어왔다. 현송은 환하게 웃으며 외쳤다.

 "조 장로님! 제가 드디어 해냈습니다."

 "나 때문인 줄 알아."

 "예?"

 "내가 힘내라고 말하지 않았으면 너는 틀림없이 죽었어. 알아?"

 "……."

 현송은 뜨악한 표정을 지었다. 자신이 주화입마에 빠졌을 때 들었던 조운학의 조롱 때문에 오히려 울화가 치밀어 더 큰 위험에 빠지지 않았던가. 그걸 조운학이 다른 의미로 해석하고 있는 것이다.

 현송은 대뜸 빈빅하려다 고개를 갸웃거렸다. 다시 생각해 보니 자신이 주화입마에서 벗어나 소천지공을 대성한 건 바로 조운학의 조롱 때문이었다.

 조운학이 나예설과 매화질풍대에 대해 언급하지 않았다면

때론 집념이 주화입마도 벗어나게 한다 • 281

현송은 그대로 포기하고 말았을 것이다. 하지만 조운학의 저 말에 이대로 죽기에는 너무도 억울해 사력에 사력을 다했고, 결국 절정의 경지에 오를 수 있었다.

'그럼 조 장로님이 나를 위해 일부러 그런 말을 하셨다는 거야? 에이······.'

아무리 그래도 현송은 선뜻 믿음이 가지 않았다. 누구보다 조운학을 잘 알고 있다고 자신하는 현송이 아니던가.

'조 장로님의 말은 정말로 조롱이 틀림없어. 하지만 그 조롱 때문에 내가 살아난 건 사실이잖아.'

현송은 머릿속이 혼란스러웠다. 조운학의 저 자랑이 사실이 아니라는 걸 알면서도 결과적으로 보면 반박할 수가 없기 때문이다. 결국 현송은 쉽게 생각하기로 했다.

"조 장로님 덕분입니다."

"당연하지."

현송은 과정이야 어찌 되었든 결국 절정의 경지를 이뤘기에 좋게 좋게 생각하기로 했다. 그렇기에 조운학의 저 뿌듯하다는 표정도 웃으며 받아들일 수가 있었다. 하지만 그런 생각은 오래가지 못했다.

"이제 현송이 엄청나게 강해졌으니 더 이상 도망치지 않아도 되겠군."

"예?"

"너 혼자 나서서 그놈들 모두 무찔러 버려."

"제, 제가요?"

조운학은 태연하게 설득했다.

"뭘, 그 정도면 충분해. 자신감을 가져, 자신감을. 이제 너도 당당한 절정고수란 말이야."

"절정고수……."

"그래, 절정고수. 그놈들 쯤이야 충분히 상대할 수 있어. 누가? 바로 현송 네가 말이야. 생각해 봐. 그놈들을 쓰러뜨리고 오연히 서 있는 네 모습을."

"……."

현송의 표정이 점점 황홀경에 젖어 갔다. 죽어라 도망만 치던 자신이 적들 앞에 당당하게 나타나 지난바 무위로 쓰러뜨린 후 조용히 검을 늘어뜨린 채 서 있는 모습이 떠올랐던 것이다.

그건 생각만 해도 멋져 보였다. 한데, 현송의 표정이 점점 일그러지기 시작했다. 자세히 보니 바닥에 쓰러져 있는 사람이 바로 자신이었던 것이다.

그와 함께 적인 불영과 빙영의 무위가 떠올랐다. 자신과는 비교도 안 되는 무위를 지니고 있었다. 그건 절정의 경지에 올랐어도 마찬가지였다.

현송은 황급히 고개를 저었다.

"저, 저는 아직 약합니다."

"너 이제 강하다니까. 예전이라면 한 방 맞으면 뒈질 걸 이제는 두 방으로 늘어났단 말이야. 너, 그 차이가 얼마나 큰지 모르겠어?"

"그런 건 몰라도 됩니다. 어쨌든 저 혼자서는 절대 상대하지 않을 겁니다."

"쳇, 거의 다 넘어왔다 싶었는데……."

현송은 미심쩍은 표정으로 물었다.

"조 장로님… 저는 미끼로 던지고 혼자 도망칠 속셈이시죠?"

이렇게 말하면 적어도 조운학이 어떤 반박이라도 할 줄 알았다. 한데 선뜻 인정하는 것이 아닌가.

"이야, 너 제법 똑똑해졌다. 절정의 경지가 머리도 똑똑하게 해 주나……."

"조 장로님!"

"시끄러. 그냥 해 본 말이야."

"진심으로 들렸습니다."

"그럼 말고. 어쨌든 너 나한테 한 번 빚졌다."

"예?"

"나 때문에 절정무인이 되었잖아. 그러니 빚진 거지."

현송은 말도 안 된다는 듯이 말했다.

"그게 어째서 조 장로님 때문입니까. 그리고 이런 말까지는 하지 않으려고 했는데, 제가 왜 이런 꼴이 되었는지 벌써 잊으셨습니까. 조 장로님이 저를 남게 해서 그런 게 아닙니까."

그러나 이런 현송의 항변에도 조운학은 여전히 태연하기만 했다.

"그 덕분에 절정무인이 되었잖아."

"그건······."

"내 말이 틀렸어?"

현송은 말문이 막혔다.

그렇다. 결과적으로 보면 자신은 절정무인이 되었다. 하지만 선뜻 인정하기에는 지금까지 겪었던 일들이 너무도 마음에 걸렸다.

청삼이에게 물려 죽을 뻔한 것을 시작으로, 생전 처음 보는 적들에게서 죽어라 도망쳐야만 했지 않은가.

솔직히 지금 살아 있는 게 기적이었다. 더욱 큰 문제는 아직도 위기가 끝나지 않았다는 점이다.

현송은 언뜻 조운학의 얼굴을 살폈다. 한 치의 죄책감도 보이지 않는 당당한 표정이었다. 그 순간 그는 깨달았다. 자신이 무슨 반박을 하든 소용없다는 것을 말이다.

"알겠··· 습니다······."

현송은 결국 굴복하고 말았다.

"진작 그럴 것이지."

그제야 조운학은 만족스러운 표정으로 고개를 끄덕였다. 참으로 얄미웠지만 참아야만 했다.

제9장
마지막으로 할 말 없어?

 조운학은 가부좌를 튼 채 앉아 있었다. 두 눈을 감고 있는 그의 이마엔 땀방울이 송골송골 맺혀 있다. 그럼에도 호흡은 눈에 띄게 거칠어 긴장감마저 느껴졌다.
 잠시 후, 조운학의 머리 위로 하얀 김이 아지랑이처럼 피어오르기 시작했다. 동시에 갑자기 왼쪽 어깨 부위가 불쑥 튀어나오더니 마치 지렁이 같은 것이 그의 몸속에서 움직이고 있는 듯 꿈틀꿈틀 움직였다.
 그 움직임은 서서히 가슴에서 오른쪽 어깨로 옮겨졌다. 오른쪽 어깨에 도착한 그것은 잠시 그 자리에서 멈췄다가 다시 서서히 팔을 타고 내려가기 시작했다.
 조운학의 호흡이 그것의 움직임에 따라 갈수록 탁하고 거칠어지더니, 이제는 땀방울이 얼굴선을 따라 비 오듯 흘러내렸다.

움직임은 그의 팔을 타고 지루할 정도로 천천히 내려오더니 정확히 조운학의 손등에서 정지했다. 그의 손등은 금방이라도 찢어질 듯 부풀어 올랐다. 멀리서 봤다면 큰 종기로 착각할 정도였다.

조운학의 거친 호흡은 절정에 달했다. 금방이라도 숨이 넘어갈 것 같아 보기에도 안쓰러웠다.

그런 그의 얼굴에 순간, 단호한 빛이 스치는 것과 동시에 손등에 불쑥 솟아 있던 그것이 아주 느릿느릿하게 손끝을 향해 움직였다. 그것은 손가락 마디에 다다르더니 갑자기 거짓말처럼 푹 꺼져 버렸다.

조운학의 오른쪽 다섯 손가락이 파르르 떨리기 시작했다. 고통 때문인지 그는 입술을 질끈 깨물었다.

그것은 조운학의 오지(五指)의 끝을 향해 천천히 움직였다. 자세히 보면 하품이 나올 정도로 느릿하게 자리 이동을 하고 있다는 걸 알 수 있었다.

그러던 어느 순간, 조운학는 울컥하고 검은 피를 토했다. 그러자 막 손끝 밖으로 배출되려던 그것은 씻은 듯이 사라져 버렸다.

그는 가슴을 마치 커다란 망치로 얻어맞은 듯 둔탁한 충격을 느꼈다.

또다시 피가 분수처럼 뿜어져 나왔다. 금방이라도 쓰러질 듯 비틀거리던 조운학은 결국 동굴 벽에 등을 기댄 채 주르르 미끄러지듯 쓰러지고 말았다.

"쿨럭, 쿨럭!"

조운학는 가슴을 쥐어짜는 듯한 극통에 거칠게 기침을 내뱉었다. 그때마다 검은 피가 한 움큼씩 쏟아져 땅바닥을 적셨다.

"하아……."

어느 정도 상태가 진정되자 그는 가부좌를 틀더니 운기에 들어갔다.

그리고 실낱같은 힘을 이용해 내상을 다스리길 반 시진.

그럭저럭 회복한 그는 천천히 뒤로 몸을 반쯤 쓰러뜨렸다. 아직 힘겨워하는 기색이 역력했다.

"젠장."

짜증이 섞인 음성이 조운학의 입에서 흘러나왔다. 잠시 머물고 떠나려던 동굴 속에서 계속 치료에 전념하다 어느새 하루라는 시간을 보냈다.

그동안 어떻게든 독기를 몸 밖으로 배출시키기 위해 사력을 다했다.

그러나 보기 좋게 실패하고 말았다. 오히려 내상만 더 입었다.

시선을 앞에 두니 현송이 가부좌를 튼 채 무념에 빠져 있었다.

 소천지공을 대성한 후 현송은 절정의 경지에 오를 수 있었다. 그로 인해 그는 이전과는 다른 무공의 묘용에 대해 깨달을 수 있었다. 그건 하나의 희열과도 비슷했다.

 현송은 자신이 터득하고 있는 무공을 다시금 되돌아보게 되었고 하나하나 새롭게 깨닫는 데 재미를 붙인 것이다.

 '기다려 주자.'

 조운학은 더 이상 지체할 시간이 없다는 걸 알고 있지만 현송을 깨우지 않았다.

 지금까지 갖은 고생을 하다 간신히 절정의 경지를 이뤘지 않은가.

 결과적으로는 좋게 끝났지만 아까 주화입마에 빠졌을 때는 정말로 시체를 치워야 되는 줄 알았다.

 그런데 현송은 자력으로 주화입마를 빠져나와 버렸다.

 무림인에게 이런 소리를 하면 누구도 믿지 못할 것이다. 무인이 주화입마에 빠지면 최소 폐인이 되거나 내공의 폭주로 죽어 버리는 게 대다수기 때문이다.

 '알고 보면 저놈도 범상치 않다니까⋯⋯.'

 조운학은 현송의 운기가 끝나기를 기다리며 내상을 치유하고 독기를 다시 금황기로 제어했다.

 하지만 아무리 기다려도 현송의 무념은 끝이 날 줄을 몰랐다.

결국 참다못한 조운학은 짱돌을 한 개 쥐었다. 그리고 막 짱돌을 던지려고 할 때 현송의 두 눈이 번쩍 뜨였다.

　그러나 조운학은 행동을 멈추지 않았다. 오히려 더욱 힘을 줘서 짱돌을 던져 버렸다.

"으악!"

　현송은 비명을 지르며 재빨리 고개를 숙였다. 짱돌은 머리 위로 아슬아슬하게 비켜 지나갔다.

　현송은 다시 고개를 들며 외쳤다.

"이게 무슨 짓입니까?"

"빨리 도망쳐야 한다니까."

"그렇다고 짱돌을 던지는 건 너무하잖습니까. 사람이 생전 처음 무의 바다에 빠져 있었는데."

"지랄, 무의 바다 같은 소리 하고 앉아 있네. 고작 절정의 경지 가지고 참으로 거창하기도 하다."

"고작 절정이라니요? 저한테는 너무도 엄청난 경지란 말입니다."

"그래, 너 잘났다."

"장로님은 그렇게 강하면서 왜 독에 중독된 겁니까."

"야, 갑자기 독 이야기가 왜 나와?"

"장로님이 먼저 시작하셨잖습니까."

　조운학은 발끈하려다 돌연 한숨을 쉬었다.

"네가… 에휴, 말자. 지금 여기서 너하고 이게 뭐 하는 짓인지."

현송도 머리를 긁적였다.

"그러게 말입니다."

"이제 움직이자."

"예."

두 사람은 나란히 동굴 입구를 향해 걸어 나갔다.

말없이 걷던 현송이 문득 무엇이 생각났는지 조운학에게 물었다.

"조 장로님, 절정의 경지에 오르니 내공의 흐름과 무공의 움직임에 대해 다시금 되돌아볼 수 있었습니다. 그럼 여기서 지닌바 무공을 더욱 가다듬고 토대를 쌓은 후 대천지공이나 매화천향심공을 터득하는 게 좋습니까, 아니면 바로 이 두 내공 심법 중 하나를 선택해 도전하는 게 좋습니까?"

"각기 장단점이 있지만… 너는 그냥 한 단계 위의 내공심법에 도전하는 게 좋겠지."

"그럼 돌아가면 대천지공이나 매화천향심공 중 하나를 요구해야겠군요."

"굳이 그럴 필요가 뭐 있어. 내가 가르쳐 주지."

현송의 얼굴에 화색이 돌았다.

"정말입니까?"

"그럼 다른 사람도 아니고 너한테는……."

선심 쓰는 듯이 말하던 조운학의 얼굴이 갑자기 돌처럼 딱

딱하게 굳었다.

그의 시선은 이제 삼 장 정도의 거리밖에 남지 않은 동굴의 입구를 주시하고 있었다.

"조 장로님?"

현송은 조운학이 걸음을 멈춘 채 가만히 동굴의 입구만 주시하자 불안감이 엄습했다.

이윽고 동굴 입구에서 무언가가 툭 하고 던져지더니 공처럼 굴러왔다.

그걸 바라보던 현송의 두 눈이 일순 부릅떠졌다. 그건 다름이 아닌 사람의 목이었는데, 바로 불영과 빙영이었다. 어제까지만 해도 자신의 목숨을 노리던 두 사람이 목만 남은 채 나타난 것이다.

그때 조운학이 동굴 입구를 보며 혀를 찼다.

"쯧쯧, 그래도 부하들을 죽이는 건 너무하잖아."

"정에 이끌려 명을 따르지 않았다면 죽어도 마땅하지."

이제 아침이 밝아오는지 금황색의 햇빛이 동굴 속으로 새어들고 있었다. 그 빛 속에서 두 인영이 모습을 드러냈다. 바로 악군성과 빙후였다.

악군성은 한숨 섞인 음성으로 말했다.

"이제 지쳤다. 원래라면 너를 생포하려고 했으나 이상하게 일이 계속 꼬이는군. 그러니 이제 네 목이라도 가져야겠다."

"그러지 말고 지금이라도 늦지 않았소이다. 차분히 대화로 풀어 보는 게 어떻소이까."

조운학은 은근슬쩍 존대하며 분위기를 바꾸려고 했다. 하지만 악군성은 단단히 다짐한 듯이 단호히 거부했다.

"네 목을 가지고 혼잣말하는 것도 의외로 재밌을 거 같군. 빙후, 저 두 놈을 죽여라. 그래도 마지막 배려로… 동시에 죽이도록 하여라."

악군성의 명령이 떨어지자 빙후의 무감정하던 두 눈동자에서 서늘한 빛이 번뜩였다.

"현송."

"예?"

"뛰어."

"옙."

현송은 조운학의 다급하고 짧은 명령을 순식간에 이해했다. 두 사람은 재빨리 동굴 안쪽으로 도로 뛰어들어 갔다.

하지만 두 사람은 곧 좌절에 빠지고 말았다. 동굴 안쪽으로 더 이상 길이 없었던 것이다. 위를 보니 천장 여기저기에 커다란 구멍이 뚫려 있었다. 모닥불의 연기는 저곳을 통해 날아갔던 것이다.

현송이 비명을 질렀다.

"으악, 막혔다! 그러니까 미리 뒤가 뚫려 있는지 알아보자고 했잖습니까!"

"그게 내 잘못이냐. 네가 무의 바다 어쩌고 하면서 시간을 끌어서 그렇잖아."

"그럼 이게 제 잘못이란 말씀입니까?"

"그래."

"어째서……. 왔습니다!"

현송은 마치 유령처럼 다가오고 있는 빙후를 발견하고는 어쩔 줄을 몰라 했다.

조운학이 말했다.

"괜찮아. 방법이 있어."

"그게 뭡니까?"

"너 이제 절정고수잖아. 저깟 여자 한 명쯤은 상대할 수 있어. 자, 현송, 가는 거야."

"예."

현송은 당당하게 대답하고는 벽송검을 뽑으며 땅을 박찼다. 그의 검이 현묘하게 움직이더니 빙후의 왼쪽 어깨에 닿았다. 하지만 빙후가 가볍게 손짓을 하자 무시무시한 힘이 현송의 가슴팍에 직격했다.

쾅!

"쿠왁!"

비명과 함께 현송의 몸이 뒤로 튕겨져 나가더니 동굴 벽에 부딪쳤다.

현송은 등허리에서 덮쳐드는 고통에 괴로워하는 와중에

볼 수 있었다. 조운학이 빙후의 옆으로 살짝 빠져나가려다가 포기하는 모습을 말이다.

현송은 억울함을 감출 수가 없었다.

"지금… 저를 미끼로 삼아 버리고 도망치려고… 하셨죠."

조운학은 뜨끔한 표정으로 고개를 저었다.

"아냐."

"저 이 두 눈으로 똑똑히 봤습니다."

"시끄러. 그보다 너 절정고수라면서 한 방에 나가 떨어지냐."

"저 여자가 너무 강한 겁니다. 쿨럭, 쿨럭……."

그때 빙후의 전신에서 어마어마한 기세가 뿜어져 나왔다. 마치 폭풍이 몰아치는 것만 같아 실눈을 뜨고서야 간신히 앞을 볼 수 있을 정도였다.

빙후는 명령을 받은 대로 조운학과 현송을 동시에 죽이기 위해 한 번에 이곳을 휩쓸어 버릴 생각이었다.

잠시 후, 그녀의 오른손이 활짝 펼쳐지더니 앞으로 향했다. 동시에 빙후의 전신에서 뿜어져 나오던 힘이 모조리 오른손에 집중되었다.

이윽고 오른손에서 눈부신 광채가 폭발했다. 그와 동시에 조운학이 현송의 머리를 짓누르며 외쳤다.

"숙여!"

미증유의 힘이 덮쳐들었다. 어디에도 피할 곳이 없고 막을 엄두조차 나지 않았다.

콰쾅! 콰콰콰콰쾅!

동굴은 금방이라도 무너질 듯이 진동했고 흙먼지가 폭풍우같이 일었다. 동굴 바닥에 엎드려 있던 두 사람은 거기에 휩쓸리지 않기 위해 사력을 다해 버텼다.

하지만 더 이상 버티지 못하고 휩쓸려 나가려는 순간, 천장에서 거대한 바위가 조운학과 현송의 머리 위로 떨어졌다. 그건 천운이라고 볼 수밖에 없었다. 그 덕분에 두 사람은 빙후의 공세에 휩쓸리지 않을 수 있었다.

동굴은 금방이라도 무너질 듯 계속해서 흔들렸고, 천장에선 균열이 가기 시작했다.

쩌쩌쩌쩍!

지반이 갈라지기 시작했다. 동굴 위에선 암석들이 마구 떨어졌다.

"으악!"

"피해!"

조운학과 현송은 스치기만 해도 큰일 날 것 같은 커다란 암석들이 천장에서 계속해서 떨어져 내리자, 사력을 다해 몸을 움직였다. 잠시라도 딴 곳에 정신을 팔면 최소 중상 아니면 죽음으로 직결되기에 정신없이 이리저리 피해 다녔다.

콰쾅!

방금 현송이 몸을 두었던 자리에 그의 서너 배는 족히 넘어 보이는 암석이 떨어졌다.

"으악!"

열심히 피하던 현송은 문득 오만상을 찌푸리며 옆구리를 움켜쥐었다. 그곳에선 지금 피가 새어 나오고 있었다. 미처 피하지 못하고 암석의 날카로운 부분에 스친 것이다. 하지만 채 상처를 지혈하기도 전에 더 큰 문제가 일어났다.

"이런……!"

위를 보니 이번에는 집채만 한 암석이 떨어져 내렸다.

'피해야 한다!'

절로 떠오른 생각이었으나 공포심에 몸이 굳어 더 이상 생각대로 따라 주지 않았다. 그렇다고 이대로 주저앉을 수는 없었다.

'포기할 순 없지!'

그는 사력을 다해 우측으로 피했다. 그런데 그 우측에서도 약간의 시차로 암석이 떨어져 내리고 있었다.

'어떡하지……?'

현송은 계속되는 위기에 잠시 상황 판단이 흐려져 주춤거렸다. 암석은 거의 지척까지 덮쳐왔다.

"위험해!"

조운학이 빠른 동작으로 현송을 잡아당겼다.

콰쾅!

암석은 간발의 차이로 두 사람을 비껴 나며 동굴 바닥에 떨어졌다. 수많은 파편이 사방으로 튀었고, 조운학은 현송을 데리고 간신히 피했다.

쩌쩌쩌쩍!

지반은 빠른 속도로 갈라지는 게 곧 무너질 것만 같았다.

그런데 더 큰일이 벌어졌다. 조운학이 갑자기 가슴을 움켜쥐며 힘없이 쓰러진 것이다. 그러곤 왈칵! 검은 핏덩이를 한 움큼 토했다.

"조 장로님!"

현송은 놀라며 급히 조운학을 부축했다. 그리고 일단 동굴 입구로 나가려 했으나 이내 걸음을 멈출 수밖에 없었다. 빙후의 오른손이 다시 자신들을 향해 있었기 때문이다. 게다가 조금 전과는 비교할 수 없는 힘이 뿜어져 나오고 있었다.

그는 침음을 흘렸다.

"이런……!"

재빨리 사방을 살폈다. 하지만 어디에도 빠져나갈 만한 구멍이 없었다.

지반은 계속해서 무너졌고, 거대한 암석은 깊이를 알 수 없는 어둠 속으로 떨어져 내렸다. 그야말로 사면초가였다.

그래도 일말의 희망을 잃지 않고 주위를 두리번거리던 현송은 무언가를 발견하곤 두 눈을 빛냈다.

빙후의 힘에 터져 나가 뻥 뚫린 동굴 벽이 눈에 들어온 것이다. 그 안은 어두워 길이 연결되어 있는지 막혀 있는지 구분하기 어려웠다.

현송은 입술을 질끈 깨물며 시선을 아래로 두었다. 지반의 갈라짐이 발밑까지 와 금방이라도 무너질 것 같았다.

'빠져나갈 길은 없다. 단 한 곳… 모험할 곳은 있지만……'

현송은 주저했다.

저곳으로 뛰어들어야 하지만 도저히 용기가 나지 않았다.

그때 조운학이 힘겹게 입을 열었다.

"뭘 망설여."

"하지만……"

"잘못되면 죽기밖에 더하겠어."

"그게 가장 문제잖습니까."

"다른 방법이 있어?"

"……"

현송은 결국 체념했다. 그렇게 모든 걸 포기하자 오히려 마음이 편안했다.

"그럼 가겠습니다."

"마지막으로 할 말 없어?"

"있습니다."

"뭔데?"

현송의 표정이 잠시 아련하게 변해 갔다.

지금까지 겪었던 온갖 사건들이 머릿속에서 빛처럼 명멸했다. 그의 입가에 한 줄기 미소가 그려졌다. 이윽고 현송은 지금의 모든 심정을 담아 말했다.

"조운학, 개새끼."

"뭐야?"

"갑니다."

"야, 야!"

"으아아악!"

현송은 두려움을 기합으로 다스리며 축 늘어져 있는 조운학을 양팔로 움켜 안은 채 벽 너머로 몸을 던졌다. 동시에 거대한 암석이 아슬아슬하게 그들을 비껴 나며 바닥에 떨어졌다.

현송은 바닥에 떨어질 때 덮칠 묵직한 충격을 대비했다. 하지만 그런 충격 따윈 없었고, 오히려 빠른 속도로 떨어져 내리는 느낌을 받을 수 있었다.

"뭐, 뭐야……?"

현송은 기겁하여 다급히 사지를 허우적대며 잡을 곳을 찾았지만 그 어디에도 힘을 줄 만한 곳이 없었다.

아무것도 보이지 않는 어둠 속에서 아찔한 현기증과 함께 귓가로 차가운 바람이 칼처럼 스쳐 갔다.

그러다 머리를 마치 철퇴로 강타당한 듯한 큰 충격을 느꼈다. 현송은 그대로 기절해 버렸다.

 그렇게 조운학와 현송은 끝이 보이지 않는 짙은 어둠 속으로 잠겨 버렸다.

 콰콰콰쾅!

 또다시 폭발이 일어났다. 그리고 얼마 후, 동굴은 완전히 내려앉았다.

18권에 계속

www.mayabook.co.kr

www.mayabook.co.kr

www.mayabook.co.kr